日本から世界へと
羽ばたいた俊英たち

松山城大天守（松山市）
安政元（1854）年に再建され、
現在は国の重要文化財となっている。

松山城石垣（愛媛県松山市）
城の標高は約132メートル。
正岡子規も秋山好古・真之兄弟も
お城を仰ぎ見て育った。

三津浜（松山市）
この浜から主人公たちは大阪、東京へと向かう。

明教館（松山市）
松山藩の藩校で、1937年に松山東高校構内に移築された。

道後温泉「坊っちゃんの間」(松山市)
子規、秋山兄弟、さらには夏目漱石の
ゆかりの場所でもある。

道後温泉本館（松山市）
本館は明治27（1894）年に建てられた。

海上自衛隊の幹部候補生たち（広島県江田島市）
真之や広瀬武夫も経験した江田島名物の遠泳。

海軍兵学校（江田島市）
英国製の高価なレンガで造られた校舎は
明治21（1888）年に江田島に移転した。

三津浜（松山市）
当時、松山から東京までは船旅で4日が必要だった。

新聞「日本」
子規の東京での身元保証人・陸羯南が社長兼主筆を務めていた。

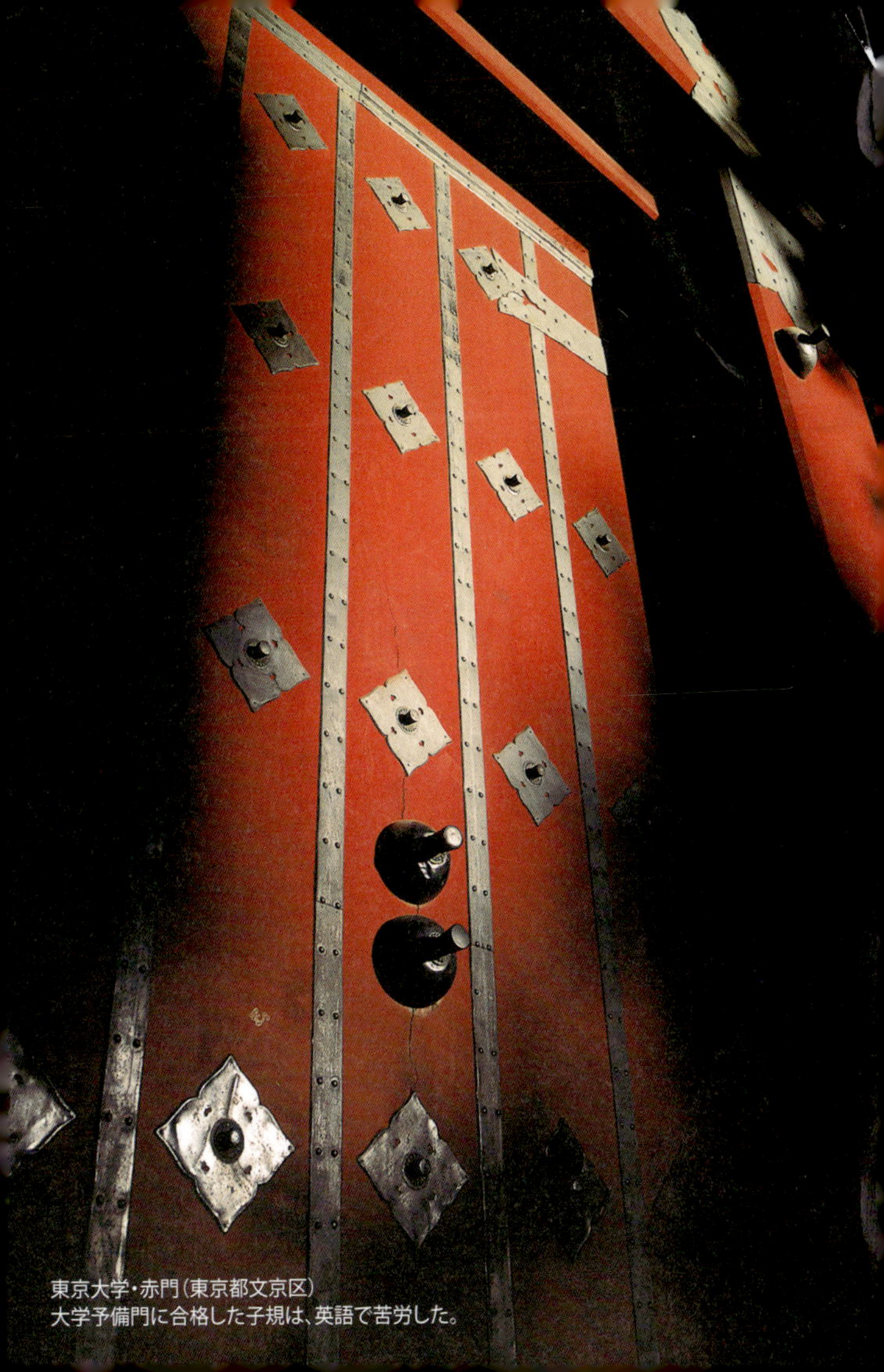

東京大学・赤門（東京都文京区）
大学予備門に合格した子規は、英語で苦労した。

片瀬海岸（神奈川県藤沢市）
東京に出てきた子規と真之は、
神田から徒歩で江の島まで出かけた。

飛鳥山（東京都北区）
好古が陸軍士官学校を受験したときの、
課題作文の題は「飛鳥山ニ遊ブ」だった。

柴犬（松山・道後温泉にて）
子規は「野球」を愛した。

子規庵の糸瓜（東京都台東区）
明治25（1892）年、子規は母と妹・律を東京に呼ぶ。
2年後に転居した先が、現在の子規庵になる。

鶏頭
子規の句に「鶏頭の十四五本もありぬべし」というものがある。
夏から秋、庭のあちこちで咲いている。

東郷平八郎像（鹿児島市・多賀山公園）
日露戦争の連合艦隊司令長官・東郷平八郎は薩摩に生まれた。

ヴィクトリー号（イギリス・ポーツマス）
ナポレオン戦争で活躍した英国海軍の英雄・ネルソン総督が乗った船。
ポーツマスは東郷が若き日に滞在した町。

トラファルガー広場(イギリス・ロンドン)
1841年にトラファルガーの海戦の勝利を記念して造られた。

453

テムズ川(イギリス・ロンドン)
真之と広瀬は、当時イギリスで建造中だった「三笠」や「朝日」を見学している

サンシール士官学校（フランス・コエキダン）
好古は28歳で渡仏する。
4年半かけてフランス式の馬術を学んだ。

トラファルガー広場
孤高のライオン・イギリスと、1902年に日本は同盟を結ぶ。

司馬遼太郎と『坂の上の雲』

上

週刊朝日編集部

朝日文庫

本書は小社より二〇一〇年四月に刊行された『週刊司馬遼太郎6』、二〇一〇年十一月に刊行された『週刊司馬遼太郎7』をもとに再構成し、加筆・修正したものです。

文庫判によせて　子規と漱石への共感

私が「週刊朝日」の『街道をゆく』の担当編集者になったのは一九八九（平成元）年秋だから、もう二十五年が過ぎた。司馬さんが一九九六（平成八）年に亡くなって以来、ときどき、かつて司馬夫妻と歩いた街、東京の本郷界隈を歩く。いつのまにか、東京で一番好きな場所になっている。

本郷一丁目にある「本郷の大クスノキ」が出発点で、炭団坂を降り、樋口一葉の旧居跡をちょっと見て、菊坂をゆっくり上り本郷三丁目の交差点近くに出る。東大の赤門から構内に入って三四郎池を見て、いまは立派な庭園となった旧岩崎邸まで坂を下りる。司馬さんやみどり夫人を思い出しつつ、あるいは司馬さんモドキになって、正岡子規（一八六七〜一九〇二）や夏目漱石（一八六七〜一九一六）を考えることもある。

司馬さんは「『坂の上の雲』を書き終えて」（一九七二年八月）という文章の末尾で、その心境に触れている。

〈ともあれ、機関車は長い貨物の列を引きずって通りすぎてしまった。感傷だとはうけ

とられたくないが、私は遠ざかってゆく最後尾車の赤いランプを見つめている小さな駅の駅長さんのような気持でいる〉

司馬さんが〝小さな駅の駅長さん〟になっている姿を想像しただけでおかしい。ちゃんと方向指示ができるだろうか、奥さんのみどりさんは夜食の弁当を作ってくれるだろうか。〝駅長さん〟が見送る機関車は『坂の上の雲』そのものだろう。長い貨物にはその登場人物たちが乗っている。

〈『坂の上の雲』にいたっては三人の主人公らしき存在以外に数万人以上とつきあった感じで……〉

四年三カ月の執筆期間のあいだ、主人公たちはもちろんのこと、大小の脇役たちが実に生き生きと登場する。

正岡子規は前半の重要な「主役」だった。最初に『坂の上の雲』を読んだとき、子規の死について書かれた「十七夜」という章を読んで、泣いてしまった。俳句はほとんど知らないのに、「子規逝《ゆ》くや十七日の月明《げつめい》に」という虚子の俳句だけは覚えた。子規が『坂の上の雲』から消える喪失感は実に大きかったのを覚えている。

司馬モドキの本郷散歩のハイライトは、本郷四丁目の「坪内逍遥旧居・常盤会跡」という掲示板のある辺りになる。近くに「文京ふるさと歴史館」があり、かつては真砂町と呼ばれた。少し高台になっていて、一葉の旧居辺りを見下ろすことができる。

ここは子規の人生のターニングポイントになった場所である。子規は旧松山藩主久松家の育英組織「常盤会」の給費生となって上京しているが、その寄宿舎が真砂町にあった。子規はこの寄宿舎で俳句に熱中し、そして明治二十二年五月九日の夜に喀血する。肺結核と診断され、自らを血をはきつつ啼《な》く「子規《ホトトギス》」と号するようになる。

その子規に対し、

〈帰ろふと泣かずに笑へ時鳥〉

と詠んで励ましたのが漱石だった。

その後も二人の友情は続いた。漱石は子規に俳句を学ぶのが楽しかったし、子規は漱石の手紙が好きだった。その友情の出発点となった本郷四丁目辺りはいまも静かで、当時の雰囲気を感じることができる。

『坂の上の雲』はもちろん日露戦争を描いた作品だが、子規の比重は高い。今回の「司馬遼太郎と『坂の上の雲』」は、週刊朝日で断続的に三年余り連載したものをまとめたものだが、振り返ってみると、子規のことをずいぶん書いている。本郷を歩くとき、子規や漱石をよく語った司馬さんがいた。その思いの強さに引きずられたのかもしれない。

二〇一四年十一月

週刊朝日編集部　村井重俊

本文中に登場する方々の所属等は取材当時のままで掲載しています。
本文の執筆は村井重俊、太田サトル、守田直樹が、インタビューは
山本朋史が、写真は小林修が担当しました。

司馬遼太郎と『坂の上の雲』❶

目次

地図　谷口正孝

司馬遼太郎と『坂の上の雲』㊤

子規と秋山兄弟の青春

独創的な風土で育った三人の主人公たち

正岡子規《しき》（一八六七〜一九〇二）は、故郷の松山をあでやかに詠んでいる。

〈春や昔　十五万石の城下かな〉

いまもお城はある。

道後温泉はあるし、坊っちゃん列車も走る。歩いているだけで、のんびり気分にさせられる。

しかし伊予松山十五万石は、明治維新では苦労をした。幕府について負け組となり、戦後は土佐藩に占領される。新政府に十五万両もの賠償金をとられてしまう。その後、まわりの諸藩らと「愛媛県」になるが、最初は「石鉄（鐵）県」という妙な名前をつけられた。昔から文藻《ぶんそう》豊かな土地なので、ゴツゴツした地名は不愉快だっただろう。

しかし松山の人々はマイペースを守り続けた。

〈敗戦や政治的屈辱が怨恨になって精神風土の伏流になったり、それが何十年もつづくというようなことは、伊予の精神の中では出て来にくいものらしい〉（朝日文庫『街道をゆく14　南伊予・西土佐の道』）政官界は薩長に牛耳られている。まずは教育に力を注ぎ、多くの人材が出た。『坂の上の雲』（文春文庫）の主人公たちはそうした風土で育っている。

子規は俳句や短歌を革新した。幼なじみの秋山真之《さねゆき》（一八六八～一九一八）は海軍の連合艦隊を率い、その兄の秋山好《よし》古《ふる》（一八五九～一九三〇）は陸軍で騎兵を率い、ともに独創的な作戦でロシアと戦った。三人とも常識やイデオロギーに捉われることがなく、どこかユーモアがある。名利を求めず、去り際も見事だった。センスにあふれていたのである。日露戦争という難しいテーマを書くうえで、あえて伊予松山の三人を選んだのは必然だったのだろう。

秋山兄弟の生誕地

『坂の上の雲』は一九六八（昭和四十三）年四月から産経新聞夕刊で四年三カ月にわたって連載された。司馬さんは静かに書き出している。

〈まことに小さな国が、開化期をむかえようとしている〉

明治維新を迎えたばかりの、四国の伊予松山（愛媛県松山市）が舞台となった。

〈この物語の主人公は、あるいはこの時代の小さな日本ということになるかもしれないが、ともかくもわれわれは三人の人物のあとを追わねばならない〉

三人はいずれも松山に生まれた。

その一人、正岡子規は、常にユーモアにあふれ、死の床でさえも明るさを失わなかった。畢生《ひっせい》の事業となった俳句や短歌の改革運動はその後もしっかりと根を張り、いまに続く。

あとの二人は軍人の兄弟で、秋山好古は陸軍大将、弟の真之は海軍中将。兄は日露戦争で騎兵を率いてコサック師団をやぶり、弟は連合艦隊参謀としてバルチック艦隊を撃沈する。二人とも日露戦争の英雄となった。

もっとも、二人とも軍人になりたくてなったわけではない。『坂の上の雲』はまず、秋山家の描写からスタートしている。

好古は安政六（一八五九）年に生まれた。十歳のときに明治維新となっている。代々十石ほどの徒士《かち》の家で、維新後に父の久敬《ひさたか》は県の学務課に勤めた。しかし給料は安く、おまけにこのとき五人の子がいた。

「食うだけは、食わせる。それ以外のことは自分でなんとかおし」

というのが、口癖だったという。

好古は三男で、真之は末っ子の五男。二人は九歳も違う。小説では真之がまだ生まれて間もないころ、口減らしのためか、お寺に出されそうになる場面がある。

好古の幼名は信三郎《しんさぶろう》という。まだ十歳の信さんが両親にいった。

「あのな、そら、いけんぞな」

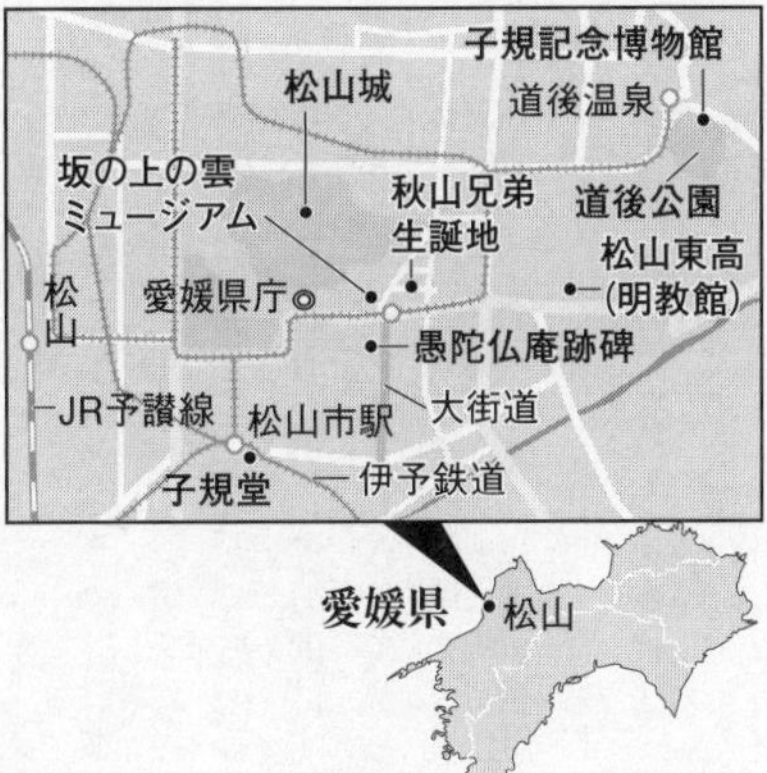

好古・真之兄弟、子規のふるさと松山

司馬さんは注釈をつけている。

〈由来、伊予ことばというのは日本でもっとも悠長なことばであるとされている〉

「あのな、お父さん。赤ン坊をお寺へやってはいやぞな。おっつけウチが勉強してな、お豆腐ほどお金をこしらえてあげるぞな」

こうして救われた真之淳五郎《じゅんごろう》はすくすく成長する。手の付けられないわんぱく坊主になり、小柄で、色黒、目が鋭く光る。

〈走るときは弾丸のように早く、犬も及ばなかった〉

しかしすぐれているのは運動神経だけではなかったようだ。七、八歳のころ、雪の朝にトイレに行くのが面倒で、窓をあけて用を足してスッキリ、さらに詠んだ。

〈雪の日に北の窓あけシシすれば　あまりの寒さにちんこちぢまる〉

この歌をみた父の久敬は、

〈——わしも立ち小便はするが、こういう歌は作れぬ。と、ひそかに感心した〉

息子もユニークだが、怒らない父親もなかなか味がある。秋山家は貧しいけれど、ほんわかムードだったのである。

さて、こうして信さんと淳坊が育った家は戦災で焼けてしまったが、いまは復元されている。松山市歩行町《かち》の「秋山兄弟生誕地」に、真新しい平屋が建てられている。

松山城に登るロープウエー乗り場から数分のところにあり、二〇〇五年にオープンした。二年間で八千万円もの寄付があって、造ることができたという。年間二万人が来ていて、少しずつ観光名所になりつつある。運営管理にあたる「常盤同郷会」常務理事の宇都宮良治さんが案内してくれた。

「敷地は百五坪です。家の間取りも江戸時代のものとほぼ同じ、それほど広い家ではありません」

八畳と六畳が二間ずつの四間で、厠《かわや》は離れにあった。なるほど寒い雪の朝なら、面倒くさい気持ちにもなるだろう。

庭には、馬にまたがった軍服姿の好古の銅像と、真之の胸像が向かい合うようにたたずんでいる。

「忙しくて、ゆっくり顔を見合わすこともなかったでしょうからね。いまはこうして向き合われています。お二人とも生前には『銅像なんかつくっちゃいけんよ』といわれてたそうです。二人ともえらぶらない。そこに私たちは惹かれているんです」

真之は海軍屈指の秀才とされた。海軍兵学校に入学したときは五十五人中十五番だったが、一学年が終わってからはずっと首席だった。

「ご利益があるかもしれんと、皆さん、真之さんの胸像に触りまして、少し剝《は》げてきています」

好古は亡くなる前の六年間、松山の北豫《ほくよ》中学（現・松山北高校）の校長をつとめているが、このとき住んだのもこの生家だった。

「親戚の女性によれば、好古さんは庭に出したいすに座り、いつもチビリチビリと城山を眺めながらお酒を飲んでいたそうです」

終生酒好きだったようだ。いまも裏庭からはわずかに城山を望むことができる。好古は飲んだ後、よく道後温泉に出かけた。出発したばかりの路面電車に向かって、

「お～い、秋山じゃ。停めてくれ」

と、呼び止めていた。そんな好古の姿を記憶している松山の人は多かったそうだ。

ところで生誕地の一角で、小さな〝写真展〟が開催中だった。秋山好古が主として愛媛県内に残した揮毫《きごう》を調査、撮影したものだという。

撮影したのはボランティアガイドの仙波満夫さん。松山市教育委員会に三十年以上勤め、定年後にガイドに誘われた。秋山兄弟を詳しく知らないからと最初は辞退したが、

「みんなそうだから、勉強しながらやりましょう」

といわれた。

○五年のゴールデンウイークに思わぬ出来事が起きる。

大阪から来た好古ファンという人が、隣町の神社にあるという好古揮毫の額について聞いた。仙波さんはもちろん、ほかのメンバーに聞いてもわからない。かなりマニアックな質問だが、松山の人なら当然わかるだろうと思ったようだ。その大阪の人は短気の

ようでもあった。

　仙波さんがいう。

「そんなことも知らんのか、バカタレが、という感じで罵倒されてしまいまして……。最初は腹が立ったけど、それならよーし、調べてやろうと思いましてね。それから、カメラをもって好古さんの揮毫を追い求めています」

　調べ始めると、揮毫はどんどん出てきた。松山市、西条市、伊予市、今治市などと愛媛県内が多いが、東京、静岡、千葉にもある。

「撮った写真を生誕地に貼り出していくと、あそこにもあるよと情報が集まってくるんです。神社が多く、『愛馬追悼碑』などもあります。真之のほうが字は上手ではありますが、好古にも味があります。だんだん上手になっていますね」

　こうして集めた四十二点を、〇九年一月に『秋山好古揮毫の石碑写真集』として常盤同郷会から出版した。〇九年は好古の生誕百五十年でもあり、それを記念する写真集になった。

　調査のこぼれ話も載っている。

　松山市の両新田神社に記念碑があると聞いて訪ねたが、碑はない。あきらめて帰ろうとして、ふと見ると、鳥居の社号が好古の揮毫だった。

〈「仙波君、私が揮毫したのは社号でここにあるよ。振り返ってみなさい」と好古の声が聞こえたようだった〉(『秋山好古揮毫の石碑写真集』)

仙波さんはさらにいった。

「これも調べていくうちにわかったことですが、私の親父は、秋山好古校長の教え子だったんですよ。昭和五年に卒業していますから、お目にかかっていたはずです。縁があったんですねえ」

秋山兄弟は古くて新しい。仙波さんに限らず、松山の人々の秋山兄弟を知る旅は、ようやく始まったばかりなのかもしれない。

好古の遺伝子

松山市を上空から見ると、夏の瀬戸内海が目に飛び込んでくる。市の中心は松山城。深い緑に囲まれた小山にあり、ここから放射線状に町が広がる。市域はずいぶん広く、人口約五十二万人（二〇〇九年当時）は四国最大の都市だ。城内の観光客が、登城する松山藩士に見えた。標高約百三十二メートルの松山城について、司馬さんは書いている。

〈市街の中央に釜を伏せたような丘があり、丘は赤松でおおわれ、その赤松の樹間《このま》がくれに高さ十丈の石垣が天にのび、さらに瀬戸内《せとうち》の天を背景に三層の天守閣がすわっている〉（『坂の上の雲』）

城下で育った秋山兄弟のうち、兄の秋山好古の職歴は軍人がはじめではない。まずは小学校の先生になっている。

お父さんの久敬がいう。

「信や、貧乏がいやなら、勉強をおし」

伊予松山藩は佐幕藩であり、子弟は学問をするほかに立身出世の可能性はない。しかし学資がないため、好古は十五歳ごろ、近所の風呂屋で働いた。『秋山好古』（秋山好古大将伝記刊行会、マツノ書店復刻版）を読むと、本人が当時を語っている。

〈余も亦米搗《またこめつき》や風呂屋の手伝して僅《わず》かの金を得たりしも、金はその中より本を買いて独学し、兎《と》に角曲《かくまが》りなりにも勉強して自分の目的を達し得たり〉

しかし風呂屋の賃金は安い。そんなとき、いまも昔も松山の繁華街、大街道《おおかいどう》で、好古は昔なじみの「池内のオイサン」に会った。父の元同僚の旧藩士で、この人の四男が高浜虚子。池内のオイサンの一言は人生を変えた。

「ああ、まだお知りんか、大阪に師範学校というものが出来たぞ、なもし。これはあんた、無料《ただ》の学校ぞな」

もっとも師範学校は十九歳からで、このとき好古はまだ十七歳。親を説き伏せ、まずは大阪に出ることを許してもらった。小学校教員の試験を受けて月給が七円になり、さらに次の試験にも合格して、月給は九円になった。『坂の上の雲』では府庁の役人に、「おまえはよくできるが、慢心してはいかん」といわれ、好古は反発する。

「あしの国なら、あしのような者は、箕《みい》ですくうほどおりますらい」

松山には偉い学者がたくさんいるが、日頃の生活にも困窮している。

〈自分程度の者がこんなうまい目をしていていいのかとこの少年はおもうのである〉

と、司馬さんは心優しい好古青年を描いている。

職歴を教員からスタートさせた好古だったが、陸軍大将で退役してからも、郷里に帰って北豫中学の校長になっている。

「軍人ですが、生涯教育者だった人だと思いますね」

というのは秋山哲兒《てつじ》さん。秋山好古の孫にあたる。

「陸軍でも教官の立場に立つことが多かったし、引退して校長になったときも、教練の時間をビッチリ取らせたほうがいいと主張する先生に、『学生は兵隊じゃないよ』といったそうですね。教練も、二時間は多いから一時間にして勉強させろと。若いときに勉強をしたかったけれどできなかったという思いが、祖父にはあったようです」

都内にある哲兒さんの自宅で話を聞いた。自宅リビングには、「天地無私」と書かれた好古の書が飾られている。

好古には七人の子どもがいて、四十歳のときに生まれた長男の信好さんが哲兒さんの父親。哲兒さんには双子の兄（故人）がいた。

「祖父は福沢諭吉先生にたいへん傾倒し、子どもたちは兵隊になる必要は毛頭ない、福沢先生に学べと。それで親父も私も私の兄も皆、慶応で、私の息子たちも慶応ですね」

自宅には、好古の晩年の写真が飾られていた。好古は「鼻信《はなしん》」というあだ名があったくらいで、鼻が高い。若いころの写真を見ると、ちょっと日本人離れした感じさえある。

日露戦争後、ロシアのコサック騎兵団を日本軍が破ったため、多くの外国武官が日本に見学に来た。

「日本の騎兵がコサックをやぶれるはずがない。おそらく西洋人の顧問がいるのだろう」

と疑う人が多く、陸軍騎兵学校に来て好古を見た。

〈好古の顔をみて、

「やはり、西洋人がいた」

と、かれらはしきりにうなずきあい、好古が日本人であることを容易に信じなかったという〉

もっとも哲児さん、

「そんなに西洋人のように見えるかなあ。NHKのドラマでは阿部寛さんが好古になっていますが、ちょっとカッコがよすぎませんかねえ」

と笑う。

哲児さんは一九三一（昭和六）年十一月生まれ。残念ながら好古は前年十一月に亡くなっている。

「二つ上の姉がね、祖父にだっこされてる写真があるんですよ。これが子どものころからうらやましくてね。これが私だったらと、どんなに思いましたか。でも代わりに、おれが生まれ変わりだって、いばっててんですけどね」

もっとも、哲兒さんは下戸である。戦地で猛攻に耐えつつ、飯代わりにブランデー、コーリャン酒などを飲んでいた好古の遺伝子はどこにいったのか。

「親父も酒を飲みませんでしたが、双子の兄貴が継いでました。『飯食えよ』『いいよ、俺、飯食わねえよ』って、横でグーッと飲む。それ以外の優秀な因子は俺のところにきてるんだ、といってるんです」

少年時代は東京の青山で過ごした。当時の青山には、独特の空気が流れていたという。

「乃木大将の乃木神社があり、東郷神社があり、青山墓地には大将、中将のお墓がいっぱいです。兵隊の町なんですね。『陸軍大将の孫なんだよ』とよくいわれました。もっとも私は海軍にあこがれましたね。真之さんのほうが三笠の上でノートを取ったりして、カッコよく思えたな」

海城中学から海軍に進むことを夢見ていたが、終戦を迎えた。

「その後は時代が時代ですから、好古の孫だとか大叔父が真之だとか、話したこともありませんでした」

父親の信好さんからはときどき好古の思い出話を聞いたという。

「親父が三菱銀行のロンドン支店に行っていたころ、好古から手紙があり、『お前はロンドンで楽しんでるだろうが、賭博には手を出すな。青い目の嫁さんを連れて帰るなよ』と書いてあったそうです。まじめな男として通ってる好古ですが、親父は、『案外、フランス留学時代は楽しんでたんじゃないかな』と笑っていました。いまも百歳で元気な母によれば、好古は馬、馬、馬の人だったそうです。身なりも構わなかったようで、やっぱり真之さんのほうがカッコいいですよね」

一九六八（昭和四十三）年に産経新聞で『坂の上の雲』の連載が始まり、周辺がにわかに騒がしくなった。当時、哲兒さんも信好さんと同じ道を歩き、三菱銀行に勤めていた。

「私自身は連載を読んで、『へー、じいさんってこういうもんか』という感じでしたが、『お前が秋山将軍の孫か』と同僚にはずいぶん驚かれました」

上司に同じように陸軍大将を父にもつ人がいて、ある日、哲兒さんのデスクにやってきた。

「秋山君、今日の『坂の上の雲』読んだか？」

「読みましたよ」

「乃木さんが出てきたろう」

哲兒さんはいう。

「私たちが戦前に神様のような存在として教えられた乃木将軍ですが、司馬さんは指揮官としては有能ではなかったと描いている。驚きましたね。その上司は力説しました。銀行も同じだ、組織でもっとも危険なのは、能力に疑問のある人が上に座っているということだと」

昭和四十年代、まるでＮＨＫ「プロジェクトＸ」のようなひとコマではある。当時もいまも、この小説に自分の身を重ねる人は多いだろう。

「トップや役員じゃなくて、部課長クラスが熱狂していましたね。そのぐらいの連中が世の中を動かしたという点が、非常にアピールしたと思います」

三菱銀行を退職して東洋文庫に勤めた。その後、すべての勤務を離れ本来は悠々自適だが、ＮＨＫの放送の〝おかげ〟で、なにかと忙しい。

「どこそこの集まりに来てくださいと呼ばれていくと、〝謝辞・秋山哲兒様〟。呼んでおいてお礼をいえですからね、おもしろいでしょ」

ふんわりとした雰囲気が、やはり好古を感じさせた。

「超凡」の友情

松山の街を歩くと、俳句や短歌があふれている。いたるところに子規や漱石、高浜虚子らの句碑や歌碑を見ることができる。

「観光俳句ポスト」と名のつくポストもあり、市民や観光客が投句する。路面電車に乗ると、選ばれた句が張られていた。

〈子規虚子にぐいと近づき冬の旅〉

城を中心にした街のつくりは江戸時代からほとんど変わらない。街を歩けばタイムスリップでき、少年子規の足音も聞こえてくる。

観光スポットとして有名なのは、子規が実際に住んだ家を復元した「子規堂」。伊予鉄道松山市駅のすぐ裏手、正宗寺《しょうじゅうじ》の境内にある。この寺の十六世住職、仏海《ぶっかい》禅師（釈一宿）が子規の友人であり、門人だった。門前には歌人斎藤茂吉の歌碑がある。

〈正宗寺の墓にまうでて色あせし　布団地も見つ君生けるがに〉

バラ模様の色あせた布団生地は、いまも子規堂に展示されている。

子規はその早い晩年、病床だけが生活空間のすべてとなった。結核からきた脊椎《せきつい》カリエスで苦しみつつ、病床から見ることのできる一切を描写している。絵本、雑誌、置時計、寒暖計、すずり、筆、どんぶり鉢、呼び鈴、孫の手、ハンカチ、そして布団。随筆『病牀六尺《びょうしょうろくしゃく》』（岩波文庫）のなかにも登場する。

〈その中に目立ちたる毛繻子《けじゅす》のはでなる毛蒲団《けぶとん》一枚、これは軍艦に居る友達から贈られたのである〉

布団は秋山真之から贈られた。

二人は幼なじみで、小学校の勝山《かつやま》学校から松山中学、さらには東京大学予備門までずっと同じ学校に通っていた。子規は真之のことを、

「剛友」

と表現している。海軍と文学ではずいぶん畑が違うが、二人はずっと尊敬し合っていた。そしてもともとは真之も文学青年だった。司馬さんは書いている。

〈後年、子規は竹馬の友の秋山真之とともに生涯文学をやろうと誓いあうのだが、しかし幼少のころは真之のほうがはるかにその才能の萌芽《ほうが》がありげであり、子規にはそういう気配もなかった〉

二人の交友を、少年時代からスケッチしてみたい。

正岡子規は一八六七（慶応三）年、城下町の外れの温泉郡藤原新町（現・松山市花園町）で生まれた。幼名は升《のぼる》で、

「のぼさん」

と、呼ばれていた。

学校に入る前から、母方の祖父、大原観山に素読を学んでいる。観山は松山藩随一の儒学者で、

「升はなんぼ沢山教えても覚えるけれ、教えるのが楽しみじゃ」

と喜んだという。

ただし、観山は頑固で、西洋の学問の必要性は知りつつも、西洋文化は大嫌いだった。明治に断髪令が出て、子どもはみな坊主頭になったが、子規はちょんまげのまま。観山の許しがなかったからで、当時、

「まげ升さん」

と、からかわれてもいる。

臆病でもあったようだ。能狂言に連れていかれたときも、

「お能のつづみや大鼓《おおかわ》の音がこわい」

と、泣いて帰った。それでも武士の子かと、観山は落胆したという。

一方、真之は子規よりも一歳年下になる。幼名は淳五郎《じゅんごろう》。小さいころから〝戦術〟に

巧みで、さらに異様にすばしっこかった。イタズラをしても大人は捕まえることができず、

「秋山の淳ほどわるいやつはいない」

と、評判のガキ大将だった。

もっとも、子規同様に小さいころから勉強はできたようだ。兄の好古が教員になって送金をしてくれるため、秋山家も明治初年とは事情が変わっている。家から歩いて十分ほどの勝山学校に通うことになる。真之は勉強をすることができた。士族の子弟らが入学し、最先端の教育をすると評判だった。ほどなく子規も勝山学校に入学する。

さて、松山で子規がいまも息づいていると思わせるのは、やはり松山市立子規記念博物館の存在が大きい。道後温泉のすぐ近くで、子規を記念し、一九八一年に建てられた。六万点ほどの資料があり、これまでに三百八十万人以上が訪れている。四代目の館長、竹田美喜《みき》さんに会った。

「松山といえば、松山城と俳句が日々の生活のようにありますね。見上げればお城があり、街を歩けば句碑がある。歩きながら五七五を考えている人は多いですよ。手帳をもち、路上で書きとめる。松山ではよく見かける光景です。日常が吟行なんですね」

竹田さんも松山市の生まれ。松山東高校（前身が松山中学）出身なので、子規の後輩

にあたる。

「子規のいとこは三十七人いるんですが、最年少の方がご存命で、最近、子規記念博物館でお話をしていただいたんです。私はなんとなく緊張していたんですが、その方は私をよくご存じでした。私が赤ん坊のころ、抱いてあやしたんですよといわれました。家に帰って母に聞いたら『そうよ』って。そのあたりの距離感ですかね。子規さんは松山の人間にとって身近な存在で、どこかでつながっていますね」

子規、そして俳句が身近なのは、教育も大きいのかもしれない。学芸員の上田一樹さんもいう。

「僕も松山出身ですが、小学校のころから宿題で俳句を作るのが当たり前でした。得意かどうかは別にして、しょっちゅう作る機会があります。子規などの俳句かるたもやりましたね。かるたも種類があって地域によって違います。小学四年になると子規について学ぶ授業もあるし、自然と子規の俳句は入ってきます」

子規居士、もって瞑すべし。亡くなって百年がすぎ、これだけ愛されている。上田さんはいう。

「子規がいじめられっ子だったのは本当の幼少時だけで、十代のはじめぐらいから周囲に仲間が集まりはじめています。弱いのは体ぐらいのもので、精神やエネルギーはものすごく強く、カリスマ性もあったと思いますね」

勝山学校から松山中学に進み、二人は互いに向き合うようになる。

「秋山、あしの家にあそびに来んかな」

といったのは中学三年の夏休みの前だった。それまで二人はあまり接触がなかったようだ。腕白グループを率いる真之は子規を「青びょうたん」と呼んでいたぐらいで、そのため、家に誘われても、

「なんぞ、目のむくようなことがあるか」

と、ごあいさつだった。

結局、遊びにいくことになる。

〈「これがあしの書斎じゃ」

と子規がいったから、真之はおどろいた〉

この書斎もいまの子規堂に復元されている。子規は中学生になると、三畳の勉強部屋をもらっていた。

秋山家と正岡家の禄高はほぼ同じだったようだが、正岡家の屋敷地は約百八十坪と広かった。

さらには秋山家は子だくさんでもあった。父を五歳で失った子規は、母八重と妹律の三人家族で、家にはスペースがあったようだ。

そのころの子規はすでに学校ではリーダーとなっていた。新聞や雑誌をつくって、自

分が編集長となり、友人をネタ集めに走らせた。

大街道で馬が暴れたといった他愛もないニュースが、おもしろおかしく書かれていた。

子規は真之もやらないかと誘う。しかし真之は、

「あしはやめじゃ」

〈内心おもしろそうだとはおもったが、真之にすればかれも一方の腕白大将であるのに、子規の雑誌に入れれば子規にあごで使われねばならない〉

しかし真之はだんだんと子規に打ち解けていく。友達にしたかった子規の作戦勝ちかもしれない。子規記念博物館の竹田館長がいう。

「子規は仲間づくりが上手です。性格が男らしいというか、リーダータイプですね。のちには伊藤左千夫、内藤鳴雪《めいせつ》といった年上の人たちも門人にしてしまう。漱石も子規のことを『大将ぶった』と愛情をこめていっています」

目に力があったようだ。

「目線がすごかったと、弟子の河東碧梧桐《かわひがしへきごとう》はいっています。『超凡』だと、のちに深くかかわることになる陸羯南《くがかつなん》もいってますね」

二人の付き合いも「超凡」の展開を迎えることになる。

少年戦術家

松山城下のロープウエー通りを歩くと、色とりどりの風鈴が風を運んでくれる。

〈松山や秋より高き天主閣〉

と、呉服屋のビル壁面に大書されていた。句のスケールも大きいが、字もデカい。それにしても街じゅうに子規があふれている。

子規を顕彰する「松山子規会」ができたのは、一九四三（昭和十八）年一月。いまの会員は約二百人で、六代目会長の井手康夫さんはいう。

「子規の月命日になる毎月十九日に集まっています。終戦直後の昭和二十年八月以外は一回も休まず、二〇〇九年の九月で八百回ですね。例会では必ず講演会を開いています」

井手さんは四国電力で「松山電友俳句会」に所属していた。しかし子規会に入ったのは子規の研究が目的ではなかったという。

「会社でも青白い参謀にはならんと現場主義をつらぬいてきました。かつては海軍兵学校にあこがれましたからね、子規と仲がよかった秋山真之のことが知りたくて入ったんですわ」

ところが推されて会長になった。

「子規はあまり知らんのにねえ。それからずっと勉強中です」

もっとも、井手さんは子規、真之とは深い縁がある。

井手さんの曾祖父は歌人の井手正雄（号は真《ま》棹《さお》）。『坂の上の雲』にもその名が登場している。真之と母の会話の場面で、

〈「母さん、あし歌を習いたいが」

と、母親にせがんだのは、中学の一年のおわりごろであった〉

秋山家の生活は楽ではない。しかし母の貞子は、男の子ではいちばん下の真之に甘かった。

「歌なら、井手先生にお習い」

ということになった。

井手正雄は歌人だが、松山藩士の時代は修羅場もくぐった。第二次長州征伐のとき、長州の木戸孝允《たかよし》（桂小五郎）と談判もしている。明治になってからは、

〈――あの木戸らが出る世になったか。

とひとことだけ言って時勢に対する批評をいっさい断ち、短歌結社をおこしてその主宰者になった〉

井手さんはいう。

「井手家と秋山家は、家族ぐるみのつきあいだったようです」

真之の父、久敬が最初に和歌を学んでいる。井手家には久敬の短冊が百枚ほども残っている。真之の短冊もあり、「漁村夕《ゆうべ》」と同じ題のついたものもあった。

〈風の音も身にしむあきの夕暮れにさびしくかへる海士《あま》の釣舟〉

と、息子が歌えば、

〈あまの子かうかれてうとふ聲《こえ》さへも秋の夕は淋《さび》しかりけり〉

と、父も詠んでいる。

「専門家に聞くと、お父さんが若々しく、真之のほうが大人ぶっとるといわれましたね」

なんとも風流な親子だったが、久敬は一八九〇（明治二十三）年十二月に六十九歳で亡くなった。その少し前、井手正雄は父親代わりとなり、真之の海軍兵学校の卒業式にも列席している。

さらに正雄は子規の先生でもあった。子規は随筆『筆まかせ』（岩波文庫）に、

〈余が和歌を始めしは明治十八年井手真棹先生の許を尋ねし時〉

と書いている。上京後の帰省のときだったようだ。井手さんはいう。

「二人のつながりの強さから、真之が『お前、歌やるんなら井手先生のところへいっし

ょに行かんか』と子規を誘った可能性は高いでしょう。正雄の教えた和歌は、のちの子規が批判した伝統的なものです。歌の道の入り口で、手ほどきをしたということでしょうね」

さて、井手さんと『坂の上の雲』の縁はこれだけではない。井手家の親戚、桜井家も登場する。

〈(真之は)いつも桜井真清という八つのこどもを秘書のようにしてつれて歩いた。真清の家は、近所であった。ちなみにこの幼童はのち餓鬼大将の真之にまねて海軍に入り、少将まで進んだ〉

桜井真清は真之の子分だったようだ。ある日、真之は桜井家で〝お宝〟を発見する。松山藩に代々伝わってきた火薬の調合書だった。

「これで花火をつくろう」

と考え、さっそく仲間をあつめ、打ち上げ花火玉を何個か完成させている。井手さんはいう。

「ぼくの親父もその原書を読み、花火をこしらえて大火傷をしたことがあるそうです」

真之は火傷もせず、作戦を完遂した。

〈どかぁーん

と「流星」という花火があがり、町のひとびとをおどろかせた。何発もあがった。そ

のうちにはおまわりが駈けこんできたが、真之らは闇にまぎれて逃げ散ってしまった〉

あらかじめ逃げ道も決めていたようで、すでに〝戦術家〟だった。

〈「真清、もし追わえられたら、かまわんけれその火薬箱をむこうのごぼう畑にほうりこんでお逃げ」〉

ごぼう畑は葉が大きいから、火薬箱を隠してしまうと考えたようだ。

歌を詠む一方、真之はイタズラに燃えだすと手がつけられなくなる。

「おまわりを相手に勇気をきたえるのだ」

と、高らかに宣言、さらに花火打ち上げを続行した。警官たちもさすがに本気になって子分たちが捕まり、ついに真之も捕まった。そのときの様子が、『秋山真之』（秋山真之会、マツノ書店復刻版）に描かれている。

〈「巡査が追つかけて來るから逃げたんです」

「逃げるのは自分がやつてゐたからだらう」

「私がやつてゐたといふ證據《しようこ》がありますか」〉

『秋山真之』に花火騒動のくわしい記述があるのは、子分だった桜井真清が刊行の責任者だったからだろう。真清は『秋山好古』の刊行の責任者でもあり、東京都渋谷区の「東郷神社」の初代宮司にもなっている。

井手家と秋山家の交流はその後もつづいた。兄の好古が書いた手紙もあるし、井手さんのお父さんは好古に揮毫《きごう》を頼んだこともある。「秋山家と井手家について」という文章に、井手さんは書いている。

〈庭に出てこられて『近頃わしに書をかけという者が多くて困る。ワッハッハッハ』と呵々《かか》大笑《たいしょう》して気持ちよく応じて下さった由である〉

もちろん、弟子の真之はよく手紙を書いてきたようだ。一九〇五（明治三十八）年の新年挨拶状もある。

「日本海海戦を間近に控えた手紙ですが、するべき準備はやったと、穏やかな自信を感じさせます。どうか心安らかにわれら年少の者の働きぶりをご笑覧くださいと、真之は書いています。父は曽祖父あての手紙について、『日露戦争当時の少壮軍人の意気を知ると共に、今次大戦中、軍人の国民に非常な反感を持たせたのと雲泥の差があるように思う』と、文章を残しています」

秋山兄弟、桜井真清と、有名な将軍たちと深く縁がある井手家に生まれた井手さんだけに、かなりの軍国少年になったそうだ。

「三、四歳のとき、陸軍軍人の紅白のタスキをかけて、しつこい新聞勧誘員を母と一緒に追っぱらったこともあったそうです。勇ましかったそうですよ」

旧制松山中学に進んでいるから、子規、秋山真之の後輩にあたる。

海軍兵学校を目指していたが、第二次世界大戦に突入。一九四五（昭和二十）年七月二十六日のことは忘れられない。松山中学二年生の井手さんは防空要員として学校に泊まっていた。午後十一時すぎ、敵機の襲来を知る。

「先生の命令で地下室に入ると、ダダダダッと本当に雨のように焼夷弾《しょういだん》が降ってきよりました」

Ｂ29爆撃機百二十八機による空襲で、松山市の死者、行方不明者は二百五十九人。市の全戸数の半数以上が焼失したとされる。プールにかけつけ、手押しポンプで水を汲みあげるが、すでにまわりは火の海だった。

「プールに飛び込んだら、焼夷弾が燃えとるけん、水も熱かったです」

教員と井手さんらが必死に火災から守ったもののひとつに、一八二八（文政十一）年に創立された藩校の建物「明教館」がある。いまも後身の松山東高校に保存されている。

六十畳敷きの建物に入ると、壁にずらりと松山中学にかかわりのある人たちの肖像画が並んでいる。一年ほど教壇に立った夏目漱石をはじめ、秋山好古、真之と子規、子規の弟子の高浜虚子や河東《かわひがし》碧梧桐《へきごとう》、大蔵大臣の勝田《しょうだ》主計《かずえ》などで、ぜんぶで三十一幅があった。ゆかりの深い井手家の子孫に明教館を守ってもらい、秋山兄弟、子規も満足だろう。

松山東高校の資料には、

〈空襲のなか、教員・学生が消火活動をし明教館を守る〉

と、奮闘をたたえている。

漱石と道後温泉

ドラマ放送を前に『坂の上の雲』ムードが高まる松山だが、もともとは『坊っちゃん』の町だろう。

あちこちに坊っちゃんやマドンナの格好の「街角案内人」がいるし、坊っちゃん列車、坊っちゃん団子、坊っちゃんスタジアムもある。ホテルの机にも聖書や「歎異抄《たんにしょう》」ではなく、文庫本『坊っちゃん』。ここは坊っちゃんの聖地なのである。

司馬さんは一九八一(昭和五十六)年四月、松山市立子規記念博物館の開館記念講演の冒頭、『坊っちゃん』について語っている(朝日文庫『司馬遼太郎全講演[2]』所収、本書の一一八ページから全文を再録)。

「名作ではありますが、ずいぶんと伊予松山の人をばかにした小説でもあります。しかし、松山の人はけっこう喜んでいますね。(略)自分たちがばかにされているのを喜ぶというのは、なかなかしたたかなユーモアの精神です」

もっとも、『坊っちゃん』には、松山という地名は出てこない。

江戸っ子の「おれ」は四国の田舎の中学教師として赴任し、何をやっても「〜ぞなもし」と生徒にからかわれる。天ぷらそば四杯を平らげると「天麩羅《てんぷら》先生」、団子を食えば「団子二皿七銭」と、黒板に大書される。宿直のとき、蚊帳《かや》のなかにバッタの大群を入れられ、

「なんでバッタなんか、おれの床の中へ入れた」

と怒鳴ると、

「そりゃ、イナゴぞな、もし」

狸《たぬき》の校長、赤シャツの教頭、画学教師の野だいこも気に入らない。

ただ、「住田の温泉」（道後温泉）だけを褒めている。

〈ほかの所は何を見ても東京の足元にも及ばないが温泉だけは立派なものだ〉

道後温泉本館は一八九四（明治二十七）年に完成、木造三層楼が出現している。漱石が松山中学に赴任する前年になる。

漱石は道後温泉が大好きだったようだ。一八九五年四月から約一年の松山滞在中、坊っちゃん同様に頻繁に入湯を楽しんだ。松山時代は『坂の上の雲』にも描写されているから、漱石は『坂の上の雲』ワールドの住人ともなっている。

この時期の漱石は、体調を崩して松山に帰ってきた子規と、五十日ほど下宿（愚陀仏《ぐだぶつ》庵《あん》）をともにしていたことがある。二人で道後を散策し、句も作っている。まだ小説は

書かず、子規に師事し、俳句を作ることを楽しみにしていた。子規は「俳人漱石」について書いている。

〈我俳句仲間において俳句に滑稽趣味を発揮して成功したる者は漱石なり。（略）この人また甚だまじめの方にて、大口をあけて笑ふ事すら余り見うけたる事なし。これを思ふに真の滑稽は真面目なる人にして始めて為し能《あた》ふ者にやあるべき〉（岩波文庫『墨汁一滴』）

漱石のユーモアの本質に言及しているのかもしれない。


現在、道後温泉本館は国の重要文化財に指定され、年間約七十五万人が訪れる。入浴のみの「神の湯　階下」（四百十円）から、個室休憩つき「霊《たま》の湯　三階個室」（千五百五十円）まで四コースがある。坊っちゃんは、必ず「上等」だった。

〈温泉は三階の新築で上等は浴衣《ゆかた》をかして、流しをつけて八銭で済む。その上に女が天《てん》目《もく》へ茶を載せて出す。おれはいつでも上等へ這入《はい》った〉

月給四十円のくせに贅沢だと生徒たちはまたからかう。誰も人がいないと思って湯船で泳ぐと、

「湯の中で泳ぐべからず」

と温泉に張られ、さらに学校の黒板にも書かれた。

〈何だか生徒全体がおれ一人を探偵しているように思われた〉

と、坊っちゃんはげんなりする。

「神の湯」に入った。石づくりの湯船から、無色透明の温泉があふれ出ている。泉質はアルカリ性単純泉で、壁には木札が掲げられていて、

「坊っちゃん泳ぐべからず」

と、いまもマークされていた。

浴衣で二階にあがって休憩すると、係の女性がせんべいとお茶を持ってきてくれる。まさに、

「女が天目へ茶を載せて出す」

という漱石の世界だ。「天目」はふつうは茶碗のことだが、ここでは茶碗を載せる漆《うるし》塗りの台。砥部《とべ》焼の茶碗が載ってくる。道後温泉によると、

「天目台は輪島塗で、壊れると石川県に送って塗りなおしです。貴重なものですが、わからない方もいるし、子どもさんは投げて遊んだりして、ヒヤヒヤなんです」

とのこと。子どもからみれば、天目台も円盤に見えるのだろうか。

司馬さんは「天目」にこだわりがあった。福建省を訪ねた『街道をゆく25　中国・閩《びん》のみち』（以後『閩のみち』）に登場する。

天目茶碗はもともと福建省の名産。日本の留学生が持ち帰り、桃山時代以降は神仏、あるいは従三位以上の貴人に使われることが多くなったという。その様式が松山の道後

温泉にあるというのが、漱石には絶好のネタになった。

〈主人公が、八銭の入浴料のおかげで、天目台にのせられた天目茶碗をとりあげてにがい茶をのむ。このおかしさこそ当時の伊予松山のゆったりした旧文化の光景なのだ〉

(『中国・閩のみち』)

と、司馬さんは書いている。

さて、松山には「子規会」もあるが、「松山坊っちゃん会」もある。

会長の頼本冨夫さんに会った。松山はいい町ですねというと、

「皆さん、わりとそういってくれます。坊っちゃん以外はね」

と笑う。

「さあ、『喫茶坊っちゃん』に行きましょう」

大街道の喫茶店「坊っちゃん」には、漱石の巨大な銅版レリーフや、直筆の手紙、写真なども飾られている。

「松山坊っちゃん会」は一九六二(昭和三十七)年発足で、会員は約五十人。年四回の例会や特別講演会のほか、読書会をこの喫茶店で開いている。『坊つちやん』の読書会は白熱し、一年もかかったという。

「田舎と都会の対立がテーマでしょうが、それ以外にも坊っちゃんが江戸の旗本、山嵐が会津と、二人は佐幕。これに対する赤シャツが東京大学出のエリートと、そういう対

立もあります。漱石は江戸っ子でもあるし、新時代のエリートでもある。自分をいくつかに分けて書いています」

頼本さんも漱石と同じように元教員。秋山好古が校長をした松山北高や、松山東高でも教壇に立った。いちど松山を離れ、郡部の学校で教えたことがある。

「漱石や坊っちゃんの気持ちはようわかります。生徒のレベルを上げようと一生懸命教えると、そんな難しいことは松山で教えてくれと、反発を食らったことがありますね」

頼本さんは子規と漱石の関係についてもいった。

「漱石は人の好き嫌いが激しい人ですが、子規とは気が合ったようです。どちらかといえば遠慮のない親分肌の子規と、漱石は性格が正反対みたいなところがある。それでうまくいったんだと思いますね」

漱石は英文学が専門だが、漢文もよくできた。子規は随筆『筆まかせ』で強調している。

〈余の経験によるに英学に長ずる者は漢学に短なり　和学に長ずる者は数学に短なりといふが如く　必ず一短一長あるものなり　独り漱石は長ぜざる所なく達せざる所なし〉

そのため漱石に一目おき、

「畏友」

と、表現している。

店を出て、漱石ゆかりの場所を案内してもらった。

大街道を西へ行くと、子規と漱石が共同生活をした「愚陀仏庵跡」がある。現在、「坂の上の雲ミュージアム」の山手に当時の二階建てが復元され、もともとの跡地はコインパーキングになっている。

「いまは飲食店が多いですが、当時はお屋敷町で閑静でした。酔っ払いが失礼なことをするから、山の静かなところへ移動して良かったと思います」

すぐ近くには漱石が泊まり、坊っちゃんも泊まった「城戸屋旅館跡」（小説では山城屋旅館）がある。上京する子規や熊本へ赴任する漱石の送別会を開いた料亭「花廼舎《はなのや》」の跡地もある。小説では、マドンナにつれなくされた「うらなり君」が転勤するときの送別会場となっている。

「漱石の生涯の最大の謎は、なぜ松山に来たかということですね。本人は留学の費用をつくるためと書いていますが、失恋しての都落ち説もあります。よくわかりません」

と、頼本さんはいった。シリアスな話のあと、笑顔になった。

「さあ、歩き回っておなかもすいたでしょう。坊っちゃん定食を食べましょうか」

さっそくある和食店に行くと、唐あげ定食が出てきた。坊っちゃん定食とは日替わり定食らしい。つまり、日常的に愛されているのだった。

さらば松山中学

松山市の繁華街「大街道」の電停にいると、着いた市電の車両に、

「あんたはあんたでかまんのよ」

と、大きく書いてあった。じんわり温かい。子規を生んだ松山はキャッチフレーズの町でもある。次に来た市電にも書いてあった。

「生きるのが下手でも、いいじゃない」

落ち込んでいる人、ずいぶん多いのだろうか。

もっとも言葉で励ますのは伝統かもしれない。松山市立子規記念博物館の竹田美喜館長がいう。

「母に聞いた話ですが、戦争で焼け野原になったとき、松山の街角の電柱に、川柳の前田伍《ご》健《けん》の句が張られてあったそうです。『考えを直せばふっと出る笑い』。伍健は川柳ではたいへん有名な方で、野球拳をはじめた方ですよ」

♪野球するなら　こういう具合にしやしゃんせ〜

と歌い踊る野球拳だが、もともとは大敗した伊予鉄道野球部を慰めるため、試合後の懇親会でつくられた。一九二四（大正十三）年のことで、野球の借りを宴会の芸で返そうと、伍健氏が即興で考えたという。

子規が野球を広めたのは有名だが、野球拳の伝統も守られている。「松山春まつり」では毎年、野球拳全国大会があり、四十回目の二〇〇九年も、史上最多七十二チームが参加している。

「子規、伍健と、ユーモアは伝統ですね。松山の人間はね、ちょっと『よもだ』なんです。いい加減といった意味で、真正面からじゃなく斜めに物事をみて、ククッと笑う。そういう感じのほうが粋とされる。子規はまじめだけど、『坊っちゃん』に笑われてもかえって坊っちゃんを笑う。『坊っちゃん』に笑われても腹は立てず、かえって坊っちゃんを笑う。『よもだ』でもありますね」

若き子規は、すでに多くのペンネームをもっていた。「面読斎」「物草次郎」といったもので、

〈恋シクバたすねきてみよ伊予の国城の麓《ふもと》ニ君ヲ松やま〉

という駄じゃれ歌を作ったのは十二歳のころ。子規は回覧雑誌を仲間たちと次々に作っていて、絵を描き、漢詩を作り、時勢を論じた。

松山中学に入学後は、政治に傾斜する。これは校風でもあり、時代の風潮だろう。

「子規の時代、学校を終えた学生が寺や神社の境内で政談演説会をしたそうです。学校

では教師が、国を盛んにするのは商業か、農業かで二手に分かれてディベートをさせる。自由民権運動が熱を帯びていた時期です」

子規の友人で、のちに俳句雑誌「ほとゝぎす」を創刊する柳原極堂《きょくどう》は、そんな時代の子規をみていた。

学校の弁論大会があって、正岡常規《つねのり》（子規）が登場する。国会開設の要望の声が強く、反政府的な言論が熱かった時代で、監督の職員が大会には必ず警戒にきていた。

しかし子規は〝策士〟だった。

『佐幕派の子弟たち　少年子規の決断』（子規記念博物館）に、極堂の「子規の青年時代」が引用されている。

〈居士は二人目に登壇して私の演題はと言ひつゝ、背面の黒板へ白墨で黒塊と二字書いた。（略）之はコツクワイと読んで頂きたいのですと言つた〉

もちろん黒塊は国会のこと。

国会開設の話をストレートにすればすぐに職員室につれていかれるので、煙幕を張ったのだろう。〝よもだ〟な駄じゃれ作戦というか。やがてあっさりと職員室につれていかれるのだが、極堂は参ってしまった。

〈噫《ああ》多感多情の才人なる哉《かな》とスツカリ感心させられてしまつた〉

と書いている。

『坂の上の雲』にもそんな時代の子規が登場する。

愛媛県は自由民権運動がさかんで、青年演説グループがいくつもできた。子規はグループを掛け持ちするほどの熱心さだったという。

しかし、司馬さんは一方で、親友の秋山真之（淳五郎）にグチをこぼす子規も描いている。

「淳さん、あしは中学校を中退しようとおもうのじゃが、どうじゃろか」

物語の子規は、実は演説も、文芸も、勉強もあまり身が入らない。一時期熱中していた漢文にもこのごろは興味が薄れたという。

〈中学四年の子規は、

「あしの心境はこれじゃ」

「松山中学只虚名《ただきょめい》」〉

と、稚拙な漢詩を真之に示した。

竹田館長は松山東高の卒業で、子規の後輩にあたる。

「子規が入学する前年、松山中学の校長が代わります。自由民権派の名校長で知られた草間時福が学校を去り、彼を慕った生徒たちも去っていく。生徒を抑え込もうとする反動の雰囲気があると感じ、できた漢詩が『松山中学只虚名』です。松中の先生はつまらないという。まあ、いいたいことをいう校風なんですね」

漱石の『坊つちやん』が学生たちにからかわれるのも、そんな校風のあらわれなのだろう。

「のちに松中の先生になった漱石に子規がアドバイスを送ります。『松山中学の生徒は狡猾《こうかつ》である、負けるなよ』。自分が学生のときの経験からいっています。先生に刃向かっていくのが松中の校風で、それも並大抵ではないよという」

たしかに「只虚名」と言い放つのだから、並大抵ではない。

真之からみれば立派な先生ばかりだが、子規はつまらないと断言する。世界は激動しているのに、松山中学の先生は虫の食ったような本ばかり読んでいる。子規は叫ぶ。

「やっぱり、英語じゃ。英語をしっかり学ばんけりゃならん」

これを聞いた真之は噴き出しそうになる。英語ができるのは真之であり、子規はパッとしないと、司馬さんは愉快に続けている。

もっとも子規もかなりの秀才だったようだ。

子規は生涯、資料をよく残した人だが、二人の通った松山中学も物持ちがいい。成績の記録がちゃんと残っている。実は子規のほうが真之よりも成績はよく、英語も悪くない。

松山中学では半年に一回あった昇級テストを「大試験」といった。

一八八二（明治十五）年二月の大試験で、子規は五級で十一人中二位、七月の大試験では四級で七人中三位。成績優秀者として賞品をもらっている。

同時期の真之は二クラス下の七級で十七人中四位。六級に上がって十六人中七位。のちに海軍兵学校でトップとなる真之だが、中学ではやや平凡な成績だったようだ。

青春にはステージがある。

後年、あれほど故郷を愛した子規だが、この時代は松山が食い足りなくなっていたのかもしれない。

〈子規は要するに東京へ出たい、というのが本音であった。

「出たい、出たい。どうにもならんほどあしは東京へ出たい」〉

東京は唯一無二の都市として浮上していた。江戸育ちは学問に向かないといわれ、かつては地方に優秀な学生が多かった。しかし、明治になってすっかり事情は変わっている。東京は西洋文明の卸問屋となり、いまに続く一極集中がはじまっていた。

〈「なにをするにも東京だ」

という気分が、日本列島の津々浦々の若い者の胸をあわだたせていた〉

子規の願いは聞き届けられる。

叔父の加藤拓川《たくせん》（恒忠）が面倒をみてくれることになった。拓川は秋山好古の親友。松山では評判の秀才で、外務省につとめ、フランス留学を間近にひかえていた。なんども手紙を書いてきた甥《おい》っ子の願いを、むげにはできなかったようだ。

こうして子規は松山中学を中退して東京に向かうことになった。

一八八三（明治十六）年六月で、東京までは四日間の船旅だった。いざ実現すると子規の気分は変わってくる。子規の書いた「半生の喜悲」（『筆まかせ』所収）を司馬さんは参考にしている。

〈「もっともいやだったのは、はじめての出京で三津浜から出帆したとき」と、正直に書いている。少年の身でひとり故郷の山河とわかれることは、あれほど上京をあこがれたくせに、さすがに悲しかったらしい〉

しかし半面、自意識はあくまでさかんだった。

「子規自身は自分のことを四国猿といっていますね。東京に行ってすぐに撮った記念写真の裏に、大きく四国猿と書いています」

と、竹田さんはいう。

東京何するものぞといった気持ちだっただろう。後年、詠んだ歌にも「四国猿」は詠みこまれている。

〈世の人は四国猿とぞ笑ふなる四国の猿の子猿ぞわれは〉

笑うなら笑えと、肩肘《かたひじ》を張る子規がいる。

好古の器

松山城をつくったのは戦国時代を生き抜いた加藤嘉明《よしあき》。秀吉によって大名になり、関ケ原では家康につき、伊予の主となる。いまの松山市のグランドデザインを描いた人物だろう。

司馬さんのいくつかの小説には、渋い脇役として登場する。頭脳明晰ながら、派手な働きの部下を好まず、やや小うるさい感じ。

その嘉明が礎を築いた松山城の近くを歩いていると、予備校があった。今春の大学合格者の名前が並ぶ。一番乗りのように先頭にある東大合格者の名は、なんと、

「加藤嘉明」

だった。

まるで『戦国自衛隊』の逆パターンというか、よみがえって東大に合格したようだが、ちゃんと高校名もあるから、もちろん現実の話。偶然とはいえ、嘉明さん、いまも松山を率いているかのようである。

『坂の上の雲』の主人公たちも東京をめざしていく。秋山真之と親友の正岡子規は東京大学予備門に合格する。それより七、八年前、兄の秋山好古は大阪、名古屋で小学校の教員をしたあと上京する。めざした学校は、陸軍士官学校。学費が要らない学校で、好古はその三期生になる。

司馬さんは、入学試験の様子をユーモラスに描いている。漢文の試験は作文で、題は、

「飛鳥山《あすかやま》ニ遊ブ」

とあった。

飛鳥山はJR王子駅が最寄りで、いまも昔も東京の桜の名所だ。

〈東京の者なら子供でもその地名は知っているであろう。

が、好古が知るわけがない〉

結局、山の名前ではなく、

「飛鳥《ひちょう》、山ニ遊ブ」

と、解釈した。

好古の筆は躍る。

自分は伊予の生まれで、そこには道後温泉がある。名湯は山の麓《ふもと》にあり、山はなだらかだが神韻《しんいん》がある。鳥がたくさん来て、大喜びで遊んでいる……。

一種のファンタジーを書き上げて満足していると、試験場で知り合いになった本郷房《ふさ》

太郎《たろう》が呆然としている。のちに陸軍大将になる男だが、山国の丹波《たんば》篠山《ささやま》藩（兵庫県）の出身のため、やはり東京の飛鳥山を知らなかった。

〈「えらいことをした」と本郷はいう。本郷も飛鳥《ひちょう》のほうであった〉

しかし結局、二人とも合格する。

〈試験官が答案から頭の内容を察し、よければ合格させようというものであるらしい〉

と、司馬さんは〝分析〟する。のどかな入試だったが、じつは時代は緊迫していた。

明治十（一八七七）年、西南戦争が勃発していた年で、好古たちは速成の士官として教育を受けることになる。士官学校に行くと、長州でのちに首相となる寺内正毅《まさたけ》大尉が、

「兵科は、なにを選ぶかね」

と聞いてきた。

〈「あしは騎兵にしますらい」

と好古がいったことが、日本の運命のある部分を決定づけたことになるであろう〉

同期のなかでは腕と足が長く、騎兵に向いていると、寺内大尉が見込んだようだ。こうして「日本騎兵の父」が誕生することになる。約二年半の学校生活で、好古は数々の逸話を残している。

伝記『秋山好古』によると、習志野（千葉県）へ野営訓練にいったとき、落馬した。しかし片足が鐙《あぶみ》から離れず、宙に浮いたまま引きずられ、馬はますます暴れてしまった。

このままでは命が危ない。

〈併《しか》し秋山は少しも狼狽《ろうばい》することなく、暴れ狂う奔馬に引きずられながら、片手に韁《きずな》を捌《さば》き、掛声をかけて再び馬上の人となった。その沈着と豪胆とには教官以下全生徒をして、思わず讃歎の声を挙げしめた〉

騎兵の生徒には馬が一頭ずつ与えられ、調教を担当する。

〈秋山生徒の受持たされた馬は有名な癖馬で、之まで大概の者が手古摺《てこず》らされたものであったが、彼は気長に之を調教して、卒業期には遂に立派な馬に仕上げて了《しま》った〉

と、馬にまつわる話が多い。沈着であり豪胆、しかも忍耐強くなければ馬には勝てないのだろう。

松山城の南麓に「坂の上の雲ミュージアム」がある。

安藤忠雄さんが設計したミュージアムは地下一階地上四階で、二〇〇七年にオープンした。安藤さんおなじみの鉄筋コンクリートで、その構造は個性的だ。三角形を描くスロープでつながれた展示室を上がっていく。なだらかな坂道のようで、夏だとなかなかいい汗をかく。館のパンフレットで安藤さんは語っている。

「歴史と共に回遊しながら、明治の精神を感じ、一人一人が思索することのできる空間となるよう心がけました」

初年度は約十四万人、〇八年度は約十一万人が入場した。学芸員の石丸耕一さんがいう。

「NHKの放送があり、関心は高まってきていますね。〇九年度は前年度をはるかに上回る勢いになっています」

NHKスペシャルドラマ「坂の上の雲」は〇九年十一月二十九日から始まり、日曜ごとで〇九年は計五回。一〇年と一一年にも四回ずつ放送された。三年越しとはNHKも気合が入るが、ミュージアムにとっても〇九年からは勝負の年となった。

石丸さんはもともとは松山市立子規記念博物館の学芸員だった。一九八一年の開館のときに聞いた、司馬さんの記念講演は、強く印象に残っている。

「司馬さんは、子規を俳句の世界に閉じ込めてはいけない、俳聖にしてはいけないとおっしゃっていました。人間正岡子規を考え、感じましょうと。『坂の上の雲』の主人公たちについても、そう感じてもらえたらいいですね。さらには明治という近代国家が何であったか、正負を全体的に考えていければと思います」

〇九年から一〇年にかけて三回目の企画展「秋山好古」を開催した。企画展を石丸さんとともに担当した学芸員の徳永佳世さんもいう。

「騎兵の父といわれた好古はとても温かい人だと思います。軍人としてだけではなく、よき父親、よき教育者でもありました。有言実行の人ですね」

徳永さんは松山東高校卒なので、好古、真之、子規の後輩になる。松山東のシンボル、明教館での授業も受けたことがある。

「明教館にある肖像画を見ながら、秋山兄弟の説明がありました。陸軍や海軍の話で、高校生の自分としてはかなり縁遠い話として聞いていたんですが、それが仕事になるとは、ですね」

大学で比較文化を学び、〇六年から今の仕事に就いた。新卒なので、まさに『坂の上の雲』の世界に就職したことになる。

「はじめて読んだとき、三巻目まではスラスラ読めましたけど、あとは苦労したかな。いまは展示をいろいろ考えつつ、何度も読み返しています。兄と弟が対照的でおもしろいです。天才肌で繊細な真之に対して、好古は器が大きいですね」

さて好古、一八七九（明治十二）年十二月に、陸軍少尉となる。四年後には中尉となり、陸軍士官学校の教官にもなった。この年、真之が松山を離れ、上京している。

小説では、麴町三番町の兄の下宿をたずねた真之は、呆然とする。旧旗本の佐久間家の離れを借りているが、家具や調度がなにもなかった。

〈部屋のすみに鍋が一つ、釜が一つ、それに茶わんが一つ置いてあり、それだけが兄の好古の家財らしかった〉

夕食はたくあんだけがおかずで、しかもまず好古が茶碗で酒をぐっと飲み、空茶碗を弟に渡す。

〈弟はそれでめしを食う。そのあいだ、好古は待っている。ときどき、

「早く食え」

と、せきたてた〉

真之はおそるおそる聞いた。

「兄《あに》さん、なんで茶碗が一つじゃ」

酒をあおりつつ、答えが返る。

「一つでよかろう」

司馬さんは解説している。

〈男にとって必要なのは、「若いころにはなにをしようかということであり、老いては何をしたかということである」というこのたったひとことだけを人生の目的としていた〉

それが理由で茶碗はいらないという。要するに自分の器は大きいが、器そのものはいらないらしい。

この秋山兄弟を母屋の佐久間家の人々が楽しそうに見ていた。

兄弟が一つ茶碗でめしを食ったり酒を飲んだりしているわけで、佐久間家の娘の乳母がいった。

「秋山さんのご兄弟をみていますと、へたな落語《はなし》よりおかしゅうございますよ」

娘は多美《たみ》という。

〈狆《ちん》のように可愛い目をしていたので、好古は、ある日、つい、

「狆」

とよんだ。多美は女児ながらよほど腹にすえかねたのか、それきり好古と顔をあわせても口をきかなかった〉

しばらくは好古が挨拶をしても、会釈を返すだけだったという。多美さんはまだ、後年、好古の妻になる運命を知らなかったのである。

津軽の恩人

子規が上京したのは、一八八三（明治十六）年六月、十七歳だった。

〈どうやら文学青年の上京といったものではなく、この少年は天下でもとりにゆくようなきもちでいた。明治初年の気風であろう〉

東京到着の心境が、子規の随筆『筆まかせ』にある。

「人力にて日本橋区浜町久松邸まで行くに銀座の裏を通りしかば　東京はこんなにきたなき処かと思へり」

しばらく旧藩主・久松邸の長屋に住み、大学予備門（現・東大）をめざした。秋山好古の友人で、叔父の加藤恒忠《つねただ》（拓川《たくせん》）が身元保証人。外務省につとめる加藤は、子規にいう。

「大学予備門はむずかしいぞな」

おどかされた子規は、受験予備校に通っている。赤坂の須田学舎で漢学を学び、神田の共立学校で英語を学んだ。加藤はさらにいった。

「あとのことはあしの友人の陸羯南《くがかつなん》にたのんでおいたけれ、あすにでもあいさつにゆけ」

加藤はフランスに行くことが決まっていて、後事は親友に頼んでいた。司馬さんは、子規の上京は加藤の尽力によるものだとしたうえで、書いている。

〈加藤よりもさらにかれのために力になったのは加藤の友人の陸羯南である。羯南は子規にとって生涯の恩人だった〉

陸羯南は新聞「日本」を興した言論人で、多くのジャーナリストに活躍の場を与えた。司馬さんの陸羯南への評価は高い。たとえば、筆者は、

「朝日新聞は羯南に感謝しなくてはいけないよ」

といわれたことがある。

羯南の興した新聞「日本」は十八年ほどの短命に終わり、その後、朝日新聞に来る記者が多かった。長谷川如是閑《にょぜかん》、丸山侃堂《かんどう》、鳥居素川《そせん》、安藤鉄腸《てっちょう》といった人々で、のちに朝日の中心的な役割を果たしている。

「『日本』から来た記者たちが、朝日新聞を大きく変えていった。やはり人材だね。こんなことは社史を読めばすぐわかるけれど、読まない人が多いからね」

といわれ、あわてて社史を読んだこともある。

羯南は、子規にもさまざまな活躍の場を与えた。

まず、学生生活の面倒をいろいろと見てくれた。子規が大学をやめたあとは新聞「日本」の記者にしてくれた。羯南の庇護のもと、子規は俳句や短歌を論じ、作品を発表し、随筆をのこしている。さらには子規一家を隣に住まわせ、脊椎《せきつい》カリエスで苦しむ子規の看病もしてくれた。

〈子規が痛みのために叫ぶと、羯南は子規の手をしっかりつかんで、

「ああよしよし、僕がいる僕がいる」

といってくれたという〉

手を握ってくれるだけで、激痛の地獄に耐えることができた。世話になったあれこれを思うたびに涙が出るほどで、司馬さんは書く。

〈子規は友人の夏目漱石にも「羯南のように徳のあるひとは類がすくない」と書きおくっている〉

司馬さんは『坂の上の雲』『ひとびとの跫音《あしおと》』（中公文庫）、さらには『街道をゆく41 北のまほろば』（以後『北のまほろば』）にも羯南を登場させている。

〈私は羯南が明治時代きっての偉材の一人だとおもっている〉

その一生は津軽人らしい反骨で貫かれている。旧津軽藩士の家にうまれ、明治維新のときは十一歳。

東奥義塾で学び、その後の宮城師範学校、司法省法学校はいずれも学校側と対立して

退学した。

北海道でしばらく働いたあと、フランス語の語学力を買われ、太政官文書局につとめた。このころ子規に会ったことになる。

やがて言論界に転じ、明治二十二年に新聞「日本」を発刊している。不平等条約の改正などで政府を激しく攻撃した。しかし、是々非々の立場をつらぬく、リベラリストだった。

〈やや国権派寄りの国民派というあたらしい中道主義をとなえ、日本文化や伝統の保存を高くとなえた〉

多くの人々に影響を与えた羯南だが、『北のまほろば』も、津軽に少なくない影響を与えている。

青森県弘前市の稲葉克夫さんは長年、青森の近代史を研究してきて、二〇〇七年に『陸羯南の津軽』（白神書院）という本を書いた。『北のまほろば』についていう。

「陸羯南については地元でも細々と研究は続けられていました。しかし羯南について無関心な人も多く、『くがかつなん』と読めない人もいたぐらいでした。正直、私はがっかりしていたんですが、そんな時期に、司馬さんの書いた一行が、いわばダイナマイトになりましたね」

司馬さんは週刊朝日での『北のまほろば』連載時（一九九四年）、

「羯南の場合、一人の研究者もその故郷に持っていないのである」

と、書いている。

「最初は怒った人が多かったです。一人もいないといわれちゃうとね。羯南を研究し続けてきた団体、人々もいましたから。私の友人には、桃太郎、金太郎の次には羯南の話を聞いて大きくなったという男もおるぐらいです。しかしこの件については、司馬さんも配慮してくれました」

地元の有識者からの指摘を受け、現在の『北のまほろば』では、

〈羯南の場合、多いというほどの研究者をその故郷に持っていないのである〉

となっている。

しかし稲葉さんはいう。

「怒った人はいたが、それまでの津軽の羯南研究はたしかにマンネリでした。五十数年、羯南研究をしている私がいうのだから、間違いありません。あの一行は司馬さんの活《かっ》というか、カンフル注射というか。もっと裾野を広げなくてはと思いましたね」

商工会議所の主催の祭りで、一九九八年から三年にわたって羯南記念フォーラムが開催され、二〇〇七年には大規模な「陸羯南生誕百五十年没後百年記念事業」が開催された。

「その後、陸羯南会がつくられ会員は二百人を超えています。生誕地や学んだ場所など

を明示した『陸羯南マップ』もできましたよ」

羯南には有名な漢詩があり、『北のまほろば』でも紹介されている。

〈名山　名士ヲ出ダス　此語《このご》久シク相伝《あいつた》フ　試ミニ問《い》フ巌城《がんじょう》ノ下《もと》　誰人《たれびと》カ天下ノ賢ナルゾ（名山出名士　此語久相伝　試問巖城下　誰人天下賢）〉

名山の見える土地はすばらしい士を生む。この言葉が伝えられて久しい。しかし試みに問うが、あの岩木山の見えるこの弘前城下から、どんな天下の賢が出ただろうか。

自戒をこめ、羯南は嘆いていたようだ。この詩を書いた羯南の書は、弘前市元長町の養生《ようじょう》幼稚園（梅軒伊東広之進旧邸）に大切に保存されている。稲葉さんはいう。

「この詩を知らない弘前の人間はいません。かつてはこの詩を彫ったレリーフを、岩木山が見えるすべての津軽の学校に贈った篤志家もいたぐらいです」

いろいろな思いがこめられている詩なのだろう。

「明治二十六年といちばん脂の乗った時期に書かれたものです。羯南は地元に対してもえこひいきのない人物でした。地元の政治家たちを痛烈に批判したり、政府に抗議して総辞職した役場の職員たちを住民のためにはならない行動だと、たしなめています。すると、なんだ東京に出てちょっと有名だからという、いわれのない非難も受けました。若い人たちから何か一筆といわれ、さっと書き上げたそうです。どんな心境だったのでしょうね」

岩木山は一八六三（文久三）年に最後の噴火をしている。

「七歳ごろの羯南はその噴火を見ています。四歳で母親をなくし、菩提寺がけの上にあり、岩木山が真正面でした。黒煙や赤い炎が、幼心に強烈な印象を与えたようです。いまも岩木山は忘れたころに、ちょっと熱くなったりしています」

と、稲葉さんは微笑んでいた。

明治の子規と陸羯南に戻る。

最初に子規に会ったとき、羯南は田舎っぽい子が来たなとまず思った。しかし話してみると、意外に大人っぽい。親友の加藤からの預かりものだと思っていたが、その気持ちがだんだん変化していった。

〈羯南はこの若者との接触がふかくなるにつれて、そのなかにねむっている才能を見出した。

「ひょっとしたら、天からのあずかりものかもしれない」

という予感をもちはじめた〉

予感は的中する。名士が名士を見いだした瞬間だった。

弥次喜多の日々

『坂の上の雲』にはひきこまれる言葉が数多くある。

〈青春というのは、ひまで、ときに死ぬほど退屈で、しかもエネルギッシュで、こまったことにそのエネルギーを智恵が支配していない〉

子規と秋山真之、二人の青春はまさにそんな状態だった。一八八四（明治十七）年に子規が、翌年には真之が、めでたく大学予備門（現・東京大学）に合格する。

神田の猿楽町の同じ下宿に住むほどの仲良しで、「予備門の書生さん」と呼ばれる日々が始まる。

誰もが認めるエリートであり、同級生は多士済々だった。子規の同級生には夏目漱石がいるし、のちの博物学・民俗学の巨人、南方熊楠《みなかたくまぐす》もいた。もっとも、子規はうそぶく。

「学校で見まわしてもそれほどのやつはおりゃせんがな」

しかし、同級生で哲学を志す米山保三郎《やすさぶろう》の〝急襲〟を受けた。

〈「君は、哲学がすきだそうだな」

まるで、他流試合にきた浪人剣客といったふうがあり、子規はもうそれだけで閉口してしまった〉

このころ、哲学に凝った子規だが、米山が話題にする哲学書やその著者名はまるで知らなかったようだ。勝負にならず、年齢を聞くと自分よりも二歳年下。落ち込んだ子規は、あっさり哲学をあきらめている。

威張ったり、落ち込んだり、子規は忙しい。政談演説の演者になり、人情本にも熱中した。落語や娘義太夫を楽しみ、牛鍋を食う。青春に振り回される日々で、

〈升《のぼ》さんはめまぐるしくかわってゆく〉

と、真之は思っていた。

子規の頭のなかには次々と企画が浮かんでいく。仲のいい友人を選び、自分も入れて「七変人」と命名した。もちろん真之も入っている。七人の性質技量を比較し、採点しあった記録が「七変人人物採点表」。

「才力」では子規が九十点で真之が八十五点、「色欲」は真之が八十点で子規は七十五点。大きく差がついたのは「負客み《まけおし》」で、子規が五十点なのに対し真之は八十点だった。

さらには野球やボート、相撲、腕相撲、坐相撲《すわり》、骨牌《カルタ》などの番付もつけている。まめを通り越して、子規は記録マニアかもしれない。

この「七変人」のエピソードを紹介したのは、二人と同郷で後輩の高浜虚子だった。

一九〇五（明治三十八）年の「ホトトギス」臨時増刊号に発表された「正岡子規と秋山参謀」という文章で紹介されている。真之が日露戦争で英雄となった年に出た増刊で、「七変人」については、

〈獺祭《だっさい》書屋の反古堆中より見出したるを幸に斯く載録したわけである〉

とある。子規が部屋に残した膨大な資料から見つけ出したという。これは、子規の妹・律が大切に保存してくれていたからである。

「七変人」に見られる子規のこだわりについて、兵庫県芦屋市にある虚子記念文学館の学芸員、小林祐代《さちよ》さんがいう。

「子規は本当にまめな人で、データを整理したり数値化したりすることが好きですね。これが後の俳句の分類につながっていきます。子規をはじめとする新派の俳句では、句に一点、二点、三点と、みんなが点をつけあっていきます。七変人も各自が点数をつけていますが、この経験も生かされているかもしれません」

閑静な住宅街にたたずむ虚子記念文学館では、二〇〇九年九月まで「虚子没後五十年記念特別展─子規から虚子へ」という企画展が開催されていた。

企画展には「明治三十一、二年頃の子規庵新年句会図」（下村為山《いざん》画）と題された絵が展示されていた。句会がさかんだったころの子規と友人たちが描かれている。二十人を超える友人のなかには、虚子や河東碧梧桐《かわひがしへきごとう》などがいる。

予備門時代も、こうやってワイワイやるのが好きだったのだろう。

しかし、親分肌の子規を中心にした議論に、真之は加わらない。

〈「秋山はどうおもう」

とたれかが水をむけても、ふんと鼻を鳴らして菓子かなにかをたべている。（略）にが手な話題にまじって恥をかくよりも、だまって菓子を食っていたほうがとくだということを知っている〉

「つまり、うぬぼれの裏返しだ」

と子規が指摘すると、

「あしは子供のなかまには入らん」

と、突っ張る。子規は「秋山真之論」という、原稿用紙三枚ほどの人物評を本人に見せた。曰く、気迫は十分だがうぬぼれが強い。そして、

〈君は活潑《かっぱつ》な男だが、本当は活潑というよりも軽々しく躁《さわが》しい。軽躁である。分析すれば六割の軽躁と四割の活潑をもつ〉

さらに、「俗才」があるとし、

〈その才たるや、決して大才ではない。俗にいう器用ということにすぎぬもので、たとえていえば、浄瑠璃のまねをしたり都々逸《どどいつ》の真似をこなす程度のものだ。だから君は決して生涯大事をなす男ではなく、結局は技手《ぎて》程度におわるだろう〉

と、かなり辛口である。

「子規は旧派の俳句に対してもそうだったのですが、ものすごく攻撃することが好きなんですね。実際にはそんな攻撃的な人柄ではないんですが、筆は鋭いです」

と、小林さん。もっとも真意は別にあったようだ。ホトトギスの「正岡子規と秋山参謀」で、虚子が書いている。

〈「秋山は早晩何か遣るわい」といふ事は子規君の深く信じて居られた事で、大きくいへば天下の英雄は吾子《ごし》と余のみ、といつたやうな心地もほの見えて居つた〉

ところで虚子と真之は同郷だが、直接的な交流はあまりない。父同士のつきあいがあった程度で、

〈恐ろしい眼附きをした鼻の尖《とが》つた運動の上手な人だと思つた位の事であつた〉

と、初対面の印象を書いている。

むしろ、河東碧梧桐のほうが、真之を身近に感じていた。「秋山の淳《じゅん》さん」は碧梧桐にとっては憧れのガキ大将。虚子も真之の勇敢さについてはよく聞かされていた。青年になった真之を見たのは、真之が海軍兵学校に入ってからで、帰省して松山市内の水練場で泳ぐ真之の姿は真っ黒で、褌《ふんどし》ひとつ。「正岡子規と秋山参謀」には、

〈「チンポが痒《かゆ》うていかん」といひながら砂を握つて両手で揉まれた事を記憶して居る〉

このあまりにもワイルドな様子に、虚子は度肝をぬかれたらしい。

〈しかし砂でチンポを揉むやうな男らしい事の出来ぬ自分はとても淳さん（真之君）には寄り附けんものと諦めて居つた〉

と何度も繰り返している。

「虚子は怖がりで、そういった武勇の方向や人物は得意ではなく、あえて距離をおいていたのかもしれませんね」

と、小林さんは説明してくれた。

しかし真之もいつも豪傑というわけではない。

ある夜、友人の一人が江の島まで徒歩で無銭旅行をしたという体験話をきき、真之に火がついた。

〈「行こう、いまから行こう」

と、躍りあがっていった。子規のいう軽躁である〉

いまこの場から出発するという。

夜の十一時過ぎだった。

「臆したか」

と真之にあおられ、

「たれが行かぬといった」

と子規らが返す。

「子規は好奇心が旺盛で、自分の知らない世界を見てみたいという思いがものすごく強いほうだったと思います。自分の力の限界を知ることもやってみたかったのでしょうね」（小林さん）

神田を出発し、芝の増上寺あたりで早くも足がくたびれた。品川の遊郭では、ぐったりとぼとぼ歩く姿を男衆たちにくすくす笑われた。

鶴見で夜が明け、神奈川で朝になる。真っ先にへばったのが言いだしっぺの真之で、だんだん最後尾を歩くようになる。それでも子規に「帰ろうか」と言われると、

「ここまできて帰るという法があるか」

と意地をはる。

この間、飲まず食わずである。

ようやく昼過ぎに戸塚で食事にありついたが、すでに真之には食べる元気もなく、茶店の土間で寝入ってしまった。子規がいう。

「この男の兄《あに》さんがこのざまをみれば、とびあがっておこるぜ」

その真之が薄目を開けて言った。

「――たのむ。東京へ帰ろう」

江の島まであと三里だが、神奈川駅から新橋まで汽車に乗って帰ることになった。子規は真之との失敗談を「弥次喜多」と題して随筆『筆まかせ』に書いていて、

〈まづは弥次喜多の出来ぞこなひまで、あなかしこ〉

と、まとめている。

意外にも子規のほうががんばったわけだが、真之は何も書き残していないので、実証のすべはない。ともかく七変人の「遠足」の番付では、子規が関脇、真之は小結である。

子規の影法師

若き子規の随筆『筆まかせ』に「試験のずる」という一編がある。

〈余は東京の學校に入りて所謂《いわゆる》ずるの甚だしきに一驚したり〉

と、子規は書く。

「ずる」はカンニング。大学予備門でも横行していたようで、

〈是等の事ハ余が郷校にありし頃は非常にいやしみしことにて〉

と、嘆いている。伊予松山ではあり得ない話だが、子規はわりあい柔軟だった。

〈明治十七年大學豫備門に入りし頃は盛に之を利用したり〉

オヤオヤという感じだが、その後は改心した。もっともやましいと思いつつ、やめたわけでもなく、

〈詐欺をおかしてまで一番二番を争うとは見さげはてた（略）かく考えても顔の赤くならぬ人は我學校にも幾人あるか〉

リズムのある文章から、のびやかな人柄が伝わってくる。子規は学生生活を謳歌して

いたようだ。

しかし、神田猿楽町《さるがくちょう》の同じ下宿に住む親友の秋山真之は悩んでいた。

子規とふたりで文芸に生きようと約束したこともあったが、子規のような情熱はない。だいたいどの学科も器用に試験は通るものの、自分を賭けてみたい分野が見つからない。

兄の好古に相談すると、

「淳（真之）、軍人になるか」

といわれた。

好古は弟について、ひそかに思うことがあった。

〈思慮が深いくせに頭の回転が早いという、およそ相反する性能が同一人物のなかで同居している。そのうえ体の中をどう屈折してとびだしてくるのか、ふしぎな直感力があることを知っていた〉

軍人の「適性」を見抜いていたようだ。真之は兄のアドバイスに従うことをきめた。これまで兄に学費を出してもらってきたことも、ずっと気になっていた。兵学校なら学費だけはタダになる。もっとも軍人になるためには快適な大学予備門をやめ、子規と別れなくてはならない。

真之はひそかに海軍兵学校の試験を受け、合格した。手続きの一切をすませ、しかしなおも子規に転身を告げることができず、ようやく置き手紙を下宿に残した。

「予は都合あり、予備門を退学せり。志を変じ、海軍において身を立てんとす」

といった手紙だった。約束が守れなかった以上、もう君に会うことはないだろうと、感傷的に綴られている。子規は一読してぼう然とした。

〈やがて、壁の上をみた。そこに鉛筆の線で大きな人のかたちが描かれている。かつて真之がかいたものであった〉

ふたりの共通の友人の柳原極堂《きょくどう》がこのエピソードに詳しい。

子規と真之が徹夜勉強の競争をしたとき、深夜になって子規が眠りこんでしまった。このとき真之は勝った証拠として、子規の居眠り姿の「影法師」を壁に描いた。その絵を見ながら、真之は極堂に〝解説〟した。

〈「正岡が勉強しとるといふても此のとうりぢやからねや」

と秋山がひやかすやうに笑つた〉（伝記『秋山真之』）

子規が自分の影法師をみつめる場面を司馬さんも書いている。

〈あげなことをしおって〉

と、その壁の線描をみているうちに、真之の手紙の感傷がのりうつったのか、涙があふれて始末にこまった〉（『坂の上の雲』）

ふたりが同じ下宿に住んだのは、わずか二、三カ月ほどだった。明治十九（一八八六）年、真之は海軍兵学校に入学している。

剛友去って、畏友がやってくる。

子規は真之のことを剛友と呼び、夏目漱石のことを畏友と呼んだ。漱石とは大学予備門の同級生だったが、親しくなったのは明治二十二年。お互いに二十二歳の年だった。そのきっかけについて、司馬さんは漱石が語った有名な談話を紹介している。

「二人で寄席の話をした時、先生も大に寄席通を以て任じて居る。ところが僕も寄席の事を知っていたので話すに足るとでも思ったのであろう。其《それ》から大に近よって来た」

円朝や小さんの話をしたようだ。さらには互いに書き始めていた原稿を見せ、批評しあってもいる。

このころ、子規は学校近くの本郷真砂町にいた。司馬さんは『街道をゆく37 本郷界隈』（以後『本郷界隈』）取材のため、一九九一年に真砂町を歩いている。

〈かれが学生時代の数年間いた真砂町十八番地（いまの本郷四丁目）の崖上の家のあたりを、こんど再訪してみた〉

『坂の上の雲』を執筆したころも真砂町を訪ねているようだ。当時と周囲の建物は変わっていたが、静けさは変わりがないようだった。いまは、近くに「文京ふるさと歴史館」があり、江戸時代から急坂で有名な「炭団坂《たどんざか》」もある。

子規が住んでいたのは「常盤会」がつくった寄宿舎。常盤会は、旧松山藩主の久松家が子弟育成につくった会で、子規はその給費生に選ばれていた。

〈月額七円（大学に入ってからは、十円）で、書籍費はべつに出る。義務はなかった〉

敷地は三百坪。二階建てが二棟あった。子規はその二階で、近所の家に咲く梅を見下ろすことができた。司馬さんは『本郷界隈』のなかで、

〈梅が香をまとめてをくれ窓の風〉

という句を紹介している。

しかし、いいことばかりではない。

病魔がすこしずつ、子規を襲いはじめていた。明治二十二（一八八九）年五月九日、子規は突然、喀血《かっけつ》する。

一年前に鎌倉を歩いていて出血したこともあったが、吐血《とけつ》だと思っていたようだ。肺結核と診断され、子規はさすがにショックを受けた。この当時は不治の病とされていたからだが、一方で、ひそかにファイトを燃やしたようでもある。

〈夜十一時におこったこの喀血のあと、句を作り、それも午前一時までに四、五十句もつくった。すべて時鳥《ほととぎす》に関するものであった〉

〈卯の花をめがけてきたか時鳥〉

〈卯の花の散るまで鳴くか子規〉

時鳥、子規、不如帰はいずれも「ほととぎす」と読む。子規という号もこのときには

じまった。壮烈な病気との闘い、そしてそこから生まれた文学の出発点となった夜だった。

〈和名では「あやなしどり」などと言い、血に啼《な》くような声に特徴があり、子規は血を喀《は》いてしまった自分にこの鳥をかけたのである〉

喀血の四日後、畏友が常盤会を訪ねた。

松山市立子規記念博物館の竹田美喜館長はいう。

「子規がピンチのときには、必ず漱石が現れます。これ以降も何度も救われるのですが、その最初ですね。見舞いに現れ、その日のうちに手紙を書いています」

見舞ったあとに、君がかかっている医者を訪ねたが、あまり親切じゃないようだから、医者を代えたらどうか、ともかくこの病気を馬鹿にしてはいけないよなどと漱石は説き、さらに書いている。

〈小にしては御母堂のため大にしては国家のため自愛せられん事こそ望ましく存候〉

竹田さんは、ふたりの心情を語ってくれた。

「子規は喀血した夜に多くの句を作った話を漱石にしたと思いますね。血を吐くほととぎすは、万葉の時代から死の国と生の国を行き来する鳥とされています。子規は卯年の生まれですから、死の国から自分を目指して飛んできたかと詠んでいる。『卯の花をめがけてきたか時鳥』。病に弱りつつも精神は高揚していますね。そんな子規に、漱石も俳句で答えています」

詠んだ句が手紙にある。

〈帰ろふと泣かずに笑へ時鳥〉

泣かないでがんばれと、漱石は励ましている。

「漱石は兄二人を結核で亡くし、さらに別の兄も喀血していたころで、こうホトトギスが多くてはかなわんよとも書き、さらには『to live is the sole end of man!』と英語で励ましている。人間はまず生きろといっています」

寺田寅彦が「夏目漱石先生の追憶」（岩波文庫『寺田寅彦随筆集　第三巻』所収）という文章を残している。寺田寅彦は物理学者で、熊本五高の出身。漱石に英語を習い、以後ずっと私淑した。

漱石も弟子ながら寅彦を尊敬していたという。

〈いろいろな不幸のために心が重くなったときに、先生に会って話をしていると心の重荷がいつのまにか軽くなっていた。（略）先生というものの存在そのものが心の糧となり医薬となるのであった〉

子規にとっても漱石は、心にしみいる「医薬」だっただろう。

〈私は、子規がすきである。子規のことを考えていると、そこにいるような気がしてくる〉

と、司馬さんの『本郷界隈』にはある。

常盤会跡を歩いているときの司馬さんはいつもより無口だった。子規と漱石への思いに包まれていたのかもしれない。

野球と子規

正岡子規が東京・本郷の常盤会寄宿舎で喀血《かっけつ》したのは、明治二十二（一八八九）年五月九日。肺結核と診断されたが、喀血がおさまると、おとなしく寝てはいなかった。

〈様子がよくなるともう寄宿舎の門前の路上で球を投げたりした〉（『坂の上の雲』）

子規はこのころ、ベースボールに凝っていた。仲間たちと近所の空き地へ行き、ノックやキャッチボール。ポジションはキャッチャーだが、ピッチャーもやった。右投げ左打ちで、記録マニアの子規が残した隠し芸一覧「常盤の芸くらべ」にも、「ボール正岡」とある。

〈そういう運動を、この重症状の病人がした。かといって療養についての知識はあるほうだから、やはり天性の楽天家なのかもしれない〉

しかし、どう考えても都会の空気は肺病にはよくない。

松山での静養をすすめられ、七月三日に東京を発《た》った。好奇心の強い子規は、七月一日に全通したばかりの東海道線（新橋―神戸間）での旅を選ぶ。神戸からは船で七日に着いたが、汽車の三日間はこたえたらしい。へたばった子規を、実家で首を長くして待っていたのは、母の八重と妹の律。スッポンやワイン漬けの桃などを食べさせ、看病する。しかし、子規はしばらくすると抜け出す。

〈「ベースボール！」

と、お八重は悲鳴をあげた。

子規は薄べったい下駄に足をのせながら両手をあわせ、

「母さん、夕《ゆんべ》から気分がええもんじゃけれ、ちょっと連れざって行かせて賜《たも》し」

そう言いすてると逃げるように出た〉

子規が向かったのは、松山城の北にある練兵場だった。松山中学の高浜虚子らが練習をしているところへ子規たちがやってきた。

虚子はまだ子規と面識はない。

東京の書生は憧れの的だった。

〈「ちがうなあ」

と、中学生のひとりがつぶやいたのは、東京がえりたちの風采《ふうさい》であった〉

虚子が「子規居士と余」に書いた文章を司馬さんも引用している。

〈其人《その》々は本場仕込みのツンツルテンで脛《すね》の露出し具合もいなせなり、腰にはさんだ手《て》

拭《ぬぐい》も赤い色のにじんだタオルなどであることが先《ま》づ人目を欹《そばだ》たしめるのであつた〉

子規は、さりげなくいった。

「おい。ちょっとお貸しの」

そしてバットを受け取ると、夏の空に鋭い打球をかっ飛ばした。

司馬さんにはこの文章が深く心に残っていたようだ。陸軍で出征する前に読み、空襲で本は焼けたが、戦後にまた手にいれたという。

『街道をゆく14　南伊予・西土佐の道』でも触れている。

〈『坂の上の雲』を書いた唯一の動機はこの文章による何事かであったといっていい。一度ひろがってしまった自分のイメージは、年月とともに動いたり、濃くなったりして、結局、小説を書くことで固定しなければ息までが苦しくなる感じでさえあった〉

のちに門人となる河東《かわひがし》碧梧桐《へきごとう》も、出会いはベースボールだった。

〈子規と私とを親しく結びつけたものは、偶然にも詩でも文学でもない野球であったのだ〉（『子規の回想』）

六歳年下でも、子規はキャッチボールでは手加減しなかった。

〈掌の裏へ突き抜けるやうな痛さを辛棒《しんぼう》して、成るべく平気な顔をしていた〉

碧梧桐が野球の手ほどきを受けたのは虚子より早かったらしい。

〈松山の野球開山、と言った妙な誇りをも持っている〉

と、生涯の自慢だったようだ。

ところで、子規の時代のベースボールを復元し、いまに伝える人がいる。子規の後輩、松山東高の元監督の稲見達彦さんたちだ。

子規は明治十九年にベースボールを「弄球《ろうきゆう》」と訳し、「走者」や「打者」などの訳も考えた。無数にある雅号のひとつには「野球」もある。ただし、これは「のぼうる」と読む。子規の幼名は升《のぼる》だった。

「野球《やきゆう》」と訳した人物は、野球草創期のスターの中馬庚《ちゆうまんかのえ》。第一高等学校（現・東大）時代は名セカンドで、指導者でもあった。一八九四（明治二十七）年に野球と訳し、その後に日本ではじめて専門書も書いた。一九七〇年に野球殿堂入りしている。子規が殿堂入りしたのは二〇〇二年。この年から稲見さんたちが命名した「の・ボール野球」が始まっている。

「の・ボール野球」の定期戦を観戦した。松山東高OBの相手は、中馬が校長をつとめた徳島県の脇町高校OBを中心にしたチーム。

現在の野球とはいろいろ違う。野手のグラブは小さく、綿が入っていない。バットは流線形でなく、丸太のようでもある。ボールはテニスの硬式ボールを革で包み、よく跳ねる。

ルールは「の・ボール」ルール。当時は統一ルールがないので、稲見さんがいろいろな文献から寄せ集めてつくった。試合は、羽織袴姿の「審判官」が、鐘を鳴らしてプレーボール。打席に入るバッターは、たとえば、

「ハイボールお願いします」

と、審判官に宣言する。

打者は高《ハイ》・中《フェア》・低《ロー》の三エリアから高さを選ぶ。ピッチャーは指定された高さへ投げなければボールとなる。

フライはワンバウンドで捕球してもアウト。外野の頭を越えた大飛球でも、ワンバウンドならアウトになってしまう。試合は四対〇で松山東高が勝った。通算成績は松山東の四勝三敗一分けになるという。

稲見さんはNHKスペシャルドラマ「坂の上の雲」の撮影で演技指導を頼まれている。日本への野球伝来は明治五年ごろで、子規が夢中になった明治二十年前後はまさに草創期。稲見さんは、子規役の香川照之さんに、

「もうちょっとぎこちなく」

と、指導した。

「香川さんは野球が上手なので、下手にも演じられる。東大出なのに野球少年だったんですってね」

子規はスライディングにも一家言あったらしい。

「昔は足からすべるスライディングはなく、すべてヘッドスライディングだったようです」

のちに子規は、新聞「日本」に「ベースボール」という記事を書き、スライディングについて述べている。

〈走者は身軽にいでたち、敵の手の下をくぐりて基《ベース》に達すること必要なり。危険なる場合には基に達する二間ばかり前より身を倒して辷《すべ》りこむこともあるべし〉

二間は約三・六メートル。子規は元阪神の亀山努選手ばりのダイブをすすめたようで、稲見さんがいう。

「それを話すと、香川さんが整地されてないグラウンドで何度もヘッドスライディングを繰り返すんです。痛いはずなのに、カットのたびごとに何べんもやってくれて、撮影現場の空気が変わりました。みんなが燃えましたね」

愛媛県は夏の甲子園の勝率が全国トップを誇る。夏の優勝五回で〝夏将軍〟とよばれる松山商がリーダーだが、稲見さんのころは、学制改革で松山商と松山東が統合していた。一年先輩は昭和二十五年、全国制覇を果たしている。

「しかし私たちの代は高松一高にめった打ちにあい、二県一校の時代で甲子園には行けませんでした」

当時の高松一には怪童・中西太がいて、甲子園で四強入りしたという。なんにせよ四国はレベルが高く、なかでも愛媛は王国であり続ける。

「礎を築いたのが子規なんです」

と、稲見さんはいっていた。

さて、子規のもとへ秋山真之が見舞いにやってきた。当時、真之は広島県江田島の海軍兵学校にいた。

〈「淳さん、おそかったなもし」

と、子規はうらむようにいった。真之はあのように伝言していながら、学校の都合で帰省の日がのびてしまった。

「ああ、都合があったけれ」

と、これが大学予備門以来数年ぶりのあいさつであった〉

真之も、海軍兵学校に最初に野球を取り入れたひとりだった。

〈子規氏が「小日本」に発表した野球の翻訳原書はアメリカのものだったが、真之将軍が兵学校で野球を他の同窓生に教えたのも米国出版の小冊子であった〉（伝記『秋山真之』）

真之も、子規といっしょに練兵場で夏の空を見ただろうか。

真之と遠泳

海軍に転身した秋山真之だったが、ガキ大将の雰囲気はそのままだったようだ。大学予備門を中退し、海軍兵学校に入学したのは明治十九（一八八六）年十月三十日。伝記『秋山真之』によれば、入学早々、同窓生たちの間で、「秋山生意気な」という話となった。

「将軍（真之）が殴られたのは喫煙室で、大勢が将軍を其処へ連れ込んで『貴様生意気だから殴る』と宣言を与えて置いてポカポカとやった。将軍は平然として抵抗もせず殴られていた」

もっとも、不敵な面構えが仇になっただけで、とくに理由はない。その後は何事もなかった。この話は「殴られた話」という見出しで、すぐあとに「殴った話」がある。

松山に帰省した真之が水泳をしていたとき、こんどは陸軍の兵士たちと、もめている。このころ、松山には歩兵第二十二連隊が置かれ、町に兵士の姿が多くなっていた。真之が泳いでいたのは藩政時代からの水練用のプールで、「お囲い池」と呼ばれる。松山の

子供たちが昔から泳いでいた特別な場所で、

「ここでは褌《ふんどし》をせぬと泳がれん」

というルールがあった。

しかしルールを知らない兵隊二人が褌をしないで泳ぎ、周囲に注意されても無視したまま。真之は静かに闘志を燃やす。お囲い池の中央の筏《いかだ》に上がった。やがて泳ぎ疲れた兵士二人も筏に上がると、

「将軍は鉢巻をしていた手拭で、兵士をパンパン引っぱたき水中に突き飛ばした。兵士は漸く岸に泳ぎ着くと逃げてしまった」（伝記『秋山真之』）

翌日も真之は平然とお囲い池にあらわれた。このあたりが度胸のあるところで、筏の上で昼寝をしていると、兵士たちが復讐にやってきた。今度は数が増えて五、六人いる。

「こいつじゃ」

と騒がれ、真之は目を覚まし、

「俺は中歩行《かち》町の秋山じゃが何か用か」

と威嚇した。

規則違反だから罰したのだと真之はいい、文句があるならやるかとさらに威嚇した。兵士たちは、陸軍を侮辱したから警察に訴えるぞと騒ぎはじめる。

結局、周囲が真之の将来に傷がつくことをおそれ、罰金五十銭を払うことでカタがつ

いている。司馬さんもこのエピソードを紹介し、『坂の上の雲』に書いている。

〈真之というのは、どうも闘争心がつよすぎる。

——兄の好古には徳というものがあるが、弟の真之は嶮《けわ》しすぎる。

そのように松山ではいわれていた〉

しかし、少年たちにとって真之は永遠のヒーローだった。子規の門人、河東碧梧桐には、「嗚呼秋山中将」（大正七年）という文章がある。

碧梧桐が十一、二歳のころ、憧れの青年が二人いたという。一人は馬島という青年で、温厚寡黙で長者の風があり、少年たちはみな懐いていた。もうひとりの青年が闘将の真之。他の少年団との〝戦闘〟には必ず先頭に立った。お囲い池のようなことは日常茶飯事だったようだ。

〈馬島はやさしくて好きであり、じゅんさんは恐ろしくて好きであったのだ〉

真之の幼名は淳五郎。のちに真之が日露戦争で活躍したあとでも、碧梧桐はずっと「じゅんさん」で通した。そう呼ばれると真之は鋭い目付きながら、ちょっとだけ口元に微笑を浮かべたという。

〈海軍の智嚢《ちのう》謀将たる今の中将も、腕白時代のじゅんさん其のままであった〉（「嗚呼秋山中将」）

海軍兵学校で真之はすぐに頭角を現している。二年目からはずっと首席で、

「秋山はいつ勉強しているのか」

と不思議がられていた。

試験問題を予想すると、だいたい的中する。コツがあったようだ。

五年ほどの過去問題を徹底的に分析することで、教官の癖をつかむ。さらに教官の日頃の説明、講義中の顔つきなどを覚えておき、最終的に予想していく。だれかが卑怯ではないかというと、真之はいった。

「試験は戦いと同様のものであり、戦いには戦術が要る。戦術は道徳から解放されたものであり、卑怯もなにもない」

後世の連合艦隊参謀の片鱗《へんりん》があったようだ。しかし予想が信じられず、不成績に終わる人もいた。予想はするのも聞くのもむずかしい。

真之は勉強だけでなく、マスト登りも速かったし、マラソンも速かった。しかし、兵学校のある東京・築地から飛鳥山（北区）までのマラソンを分隊で競ったとき、真之の分隊は二位に終わった。一位の分隊に抜かれたとき、その指揮者の顔色にさすがの真之も気圧《けお》された。

〈(幽霊が指揮している)

とおもわずおもったほど、その優勝分隊の指揮生徒の顔が蒼かった。

真之より一年上の生徒で、名前も顔も早くから知っている。広瀬武夫といった〉（『坂の上の雲』）

広瀬武夫も『坂の上の雲』には欠かせない登場人物のひとり。のちに、日露戦争の旅順港閉塞作戦で壮烈な戦死をとげた。とくに部下思いで知られ、

「軍神広瀬」

と、たたえられることになる。

マラソンのときは左足が骨膜炎に罹《かか》っていたという。分隊単位のマラソン大会なので、指揮者として弱音が吐けなかったようだ。これを機会に、真之とは親しくなっていった。

海軍兵学校は築地にあったが、その後、広島県の江田島に移転した。真之の入校三年目の明治二十一（一八八八）年で、以後、江田島は海軍のメッカとなっていく。

現在の江田島には海上自衛隊幹部候補生学校、第一術科学校がある。二〇〇九年七月二十三日、幹部候補生学校の遠泳訓練を見学した。

遠泳は昔からの江田島名物。真之も広瀬武夫も経験している。

「当時とコースは違いますが、厳しさはいまも昔も変わりません」

と、説明してくれたのは、一等海佐で、教育部長兼学生隊長の小沼誠一郎さん。

江田島湾をただひたすら泳ぎ、多くの学生は十キロから十五キロの遠泳に挑戦する。

朝八時十分に出発し、ゴールは夕方になる。約三百人の学生がさすがに緊張した顔で集まってきた。この日のために訓練はしてきたが、これほどの長丁場はだれもがはじめて

だという。

「入水はじめ！」

という号令で、静かに海に入っていく。三十人ほどでつくる分隊がペースを守って進む。筋骨隆々で真っ黒に日焼けした学生が多く、さすがは幹部候補生でたくましいのだが、かぶっている帽子が小学生のようでかわいらしい。

帽子は白の帽子が多くて、それには及ばない学生は赤の帽子。白は赤を見守りながら進む。青い帽子もいた。

「コンガー大尉ですね。アメリカ海軍の連絡士官で、十五キロに挑戦するそうですよ」

一時間も泳げば、遅れだす学生もいる。分隊のそばには、教官が乗ったボートがついていて、

「下がってるぞ」

「もっと右、もっと右」

と声が飛ぶ。声だけでは励ましにならないのか、ときどき乾パンやあめ玉を教官たちは投げる。それを上手に口で受け取る学生もいて、池の鯉のようでもある。

「あの乾パンは海水に濡れると甘くてうまいんですよ」

と、小沼さんは笑う。

遠泳を見ているうちに夏の日差しがずいぶん強くなった。海から陸地をのぞむと、古《ふる》

鷹山《たか》（三九四メートル）が見える。

「広瀬武夫さんが在学中に百回近く登ったといわれる山ですね。頂上からはよく江田島湾が見えるんです。私は学生のころはあまり登りませんでしたが、教官となって戻ってきてからは月に一回は登っています。なんだか落ち着くんですよ」

小沼さんの前任地は青森県八戸。第二航空群の首席幕僚だった。久しぶりに母校に帰ってきて、

「こんなに幸せなことはないです」

という。『坂の上の雲』はもちろん読んでいて、広瀬武夫に感情移入することが多いそうだ。

遠泳ははてしなく続く。

かなり元気がなくなった学生もいたが、昼飯の時間になると復活する。教官のボートに上手につかまり、弁当が配られる。赤飯のおにぎりが五個、ウインナー二本、たくあん二切れ、バナナ……。かなりの量だが、猛然と平らげていた。

結局、午後四時二十分すぎに遠泳訓練は終了した。遠泳距離は能力によってちがう。二人が五キロ、百十四人が十キロ、なんと百九十一人が十五キロを完泳した。コンガー大尉も見事に完泳している。お囲い池で鍛え上げた真之に負けない、幹部候補生の長い一日だった。

明治二十三年の「祝猿」

　秋の風が吹くとあらためて子規をおもう人々がいる。九月十九日は子規の命日で、詠んだ句から「糸瓜《へちま》忌」、ペンネームから「獺祭《だっさい》忌」ともいわれる。糸瓜棚のある東京・根岸の家（子規庵）で亡くなったのは明治三十五（一九〇二）年。もう少しで三十五歳だった。この日は松山の子規堂や子規記念博物館、東京では根岸の子規庵など、ゆかりの場所に多くの人々が集まる。「糸瓜忌」は秋の季語でもある。

　子規の研究者で俳人の坪内稔典さんも毎年、自宅で〝イベント〟を開催する。

「命日近くの日曜日に集まり、子規の食事を再現し、仲間といっしょに食べるんです」

　坪内さんは俳句グループ「船団の会」の代表で、

「三月の甘納豆のうふふふふ」

という句が有名だ。佛教大学文学部教授で、多くの著書がある。子規との出会いは二十代の終わりだった。

「たまたまパチンコで大勝し、帰りに古本屋で見つけた子規全集を買ったんですよ」

戦前に出版された改造社版二十二巻で、むさぼるように読んだ。当時は高校の先生だったが、やるべきことを見つけられずにいたころでもあったという。著書の『柿喰ふ子規の俳句作法』（岩波書店）に、

「正岡子規を読むと元気が出る」

とある。子規に励まされ、ずっと子規を考え続けてきたようだ。

二〇〇九年の食事は明治三十四年九月二十日を再現した。子規が書き残した『仰臥漫録』（岩波文庫）によると、晩ご飯のメニューは、

「与《よ》平《へい》鮓《ずし》二つ三つ　粥《かゆ》二碗　まぐろのさしみ　煮茄子《になす》　なら漬　葡萄《ぶどう》一房」

すしの「与平」は店名で、伊藤左千夫のおみやげだった。なんといっても刺し身は大好物で、一カ月分の刺し身代が家賃とほぼ同じ金額だったこともあった。さらにこの日のおやつは、「牛乳一合ココア入　菓子パン大小数個　塩煎餅」。もちろん朝も昼もちゃんと食べている。

「子規にとっては食べることが生きることだったんでしょうね」

子規の大食漢については、漱石も『三四郎』で小説の筋とは無関係に、唐突に書いている。

「子規は果物が大変好きだった。且ついくらでも食える男だった。ある時大きな樽柿を十六食った事がある」

とても重病人のメニューとは思えない量を食べつつ、俳句、短歌、文章を語り続けた。

「俳句や短歌は、個人の文芸ではありません。小説のように部屋に閉じこもって書くものとは違い、仲間と批評し合っていく。子規は亡くなるまで語り合った。そうした語り合いが大きな力となり、誰にでもわかる文章日本語をつくり上げていく要因になっていきます」


友人がいて子規がいた。司馬さんは『坂の上の雲』に書いている。

〈人間は、友人がなくても十分生きてゆけるかもしれない。しかし子規という人間はせつないくらいにその派ではなかった〉


司馬さんも語り続け、文章を考えた。司馬さんも〝その派〟ではなかったのだろう。いずれにせよ子規は食べ、考え、語り、書き、病気と闘い続けた。


そんな子規の姿を、坪内さんはポジティブに描いている。

「病気を徹底して楽しむこの子規の姿勢、あるいはその思想は、私たちにとってとても魅力的ではないだろうか。つまり、最大のマイナス、あるいはこれ以上はない不幸とか逆境などを、それを徹底して楽しむことで、一挙に正（プラス）に転換する生き方、あるいは思想がここにある」（『柿喰ふ子規の俳句作法』）

しかしこんな境地に子規がなっていくには、時間がかかっている。

若いころの子規はなかなかそうはいかなかった。子規の大事な友人に、清水則遠《のりとお》がいる。忘れられない友人といってもいいだろう。

幼なじみで、子規の一年後に大学予備門に入り、下宿もともにしている。子規が大好きな友人を選んだ「七変人」のひとりで、江の島への無銭旅行にもいっしょに行っている。「七変人」にはさまざまなランキングがあり、「負客み《まけおし》」の部では秋山真之が八十点、子規は五十点だが、清水はなんと〇点。子規の残した「七変人人物採点表」には、

「淡トシテ水ノ如シ」

とある。

病弱でもあった。明治十九年三月ごろから脚気《かっけ》を病み、四月に容体が急変した。同宿の子規は人力車で医者を呼ぶなど奔走したが、衝心症（心不全）で急逝してしまう。明治はあっさり若い人が亡くなる時代でもあった。

東京で葬儀、埋葬などをしなくてはならず、十八歳の子規が施主となっている。三日後には清水の親族へ、死亡の経過などを書いた長さ八メートルにも及ぶ巻物の手紙をしたためた。

「末期の水を口中へ注ぎいれし時ハ小生も覚へず落涙致候」

このときに子規は父親のことを思い出したようだ。子規は五歳で父を亡くしている。母に抱かれ、父の口元を濡らしたことを思い出したと、手紙に書いている。

子規はなかなかショックから立ち直れなかったようだ。清水の机の上に位牌《いはい》を置き、

早く医者に見せていればと悔やみ、床にもぐり込んでいた。友人たちの回想によると、そこへ真之がやってきて、

「升《のぼ》さん、意気地がないな、しっかりおしや」

と、励ましたという。

翌年には追善会が開かれた。すでに海軍兵学校に入学していた真之は出席できず、墓石建立の費用を立て替えておいてくれと手紙で子規に頼んでいる。二人の交友はしっかりと続いていたようだ。

この間、友人の死を見つめることで、子規は成長していった。その後も清水への思いは消えることなく続き、追憶の句も詠み、元気なうちは墓参によく行っている。

明治二十三年一月、故郷の松山・三津浜近くで開いた飲み会でも、清水の話は出たことだろう。子規や真之など同郷人五人が久しぶりに旧交をあたためたことがある。

子規はこの祝宴について、「明治二十三年初春の祝猿《しゆくえん》」と題し、『筆まかせ』に書いている。祝宴を祝猿とユーモラスに書いているが、振り返れば明治二十二年は子規にとって苦しい年だった。五月に喀血《かつけつ》し、松山で養生したあとに上京、さらに再び正月のために帰省していた。子規にとって、「人生最大のマイナス」がのしかかっているときである。

一方、真之のほうは順風満帆といっていいだろう。海軍兵学校の首席をつづけて最終

年を迎えていた。

五人は汽車に乗って三津浜に向かった。子規ら四人はちょっぴり見えをはって、三ランクあるうちの「中等」の汽車の切符を買った。しかし、少し遅れてきた真之は「下等」を買ったため、子規は憤慨したという。

〈余は秋山にめくばせし　君は気がきかぬよ、けふは我々も紳士だよ〉

真之もすぐに悟って「中等」に乗り込んだようだ。子規はさっそく都々逸を詠んだ。

〈書生三人紳士は二人
　三津によつたり五人づれ〉

すでに酔っ払っているような都々逸である。五人のうち学生は三人で、すでに大阪で教師をしているものが一人、地元で新聞記者になったものが一人。しかし今日は学生もみな紳士だという。楽しそうな「祝猿」の最中、真之が子規にいった。

「正岡にいふが、お前学校を卒業しても教師にはなるなよ、教師程つまらぬものはないぞい、併《しか》しこうやつてお前がいきておるのは不思議だ」

試験の達人ながら、学校教育が好きではない真之らしい。さらには、喀血した子規を心配しつつ、男らしく励ましたのだろう。

愉快な宴は終わった。子規はすっかりご機嫌だったが、今後は五人がそろって酒をくみかわすことは、

「地球滅亡の際迄恐らくは無き事」

と書いている。

青春が終わろうとしていた。

明治二十三年七月、子規は第一高等中学を卒業、大学へと進む。病を意識しつつ、小説家をめざし、やがて俳句に目覚めていく。

一方、真之も七月に海軍兵学校を卒業、海軍少尉候補生となった。軍艦「比叡《ひえい》」の乗組員となっているとき、紀州沖でトルコの軍艦が沈没、生存者六十九人を送り届ける任務を命じられる。比叡はコンスタンチノープルに向かう。真之ははじめて世界をみることになり、トルコから、

「世界ハ広クして余程狭ク御座候」

と子規に書き送っている。道はちがっても、つねに大きな刺激を子規に与える存在だった。

余談の余談❶

あの頃、日露戦争に興味を持つ人などいなかった

和田　宏

司馬さんが日露戦争を書くと知ったとき、「軍艦マーチ」を聞いたような気がして、ずい分ひからびたテーマだと思った。筆者などは戦後教育の成果？によって、秋山好古《よしふる》・真之《さねゆき》兄弟も知らなかった。

司馬さんが書きたかったのは、近代化して四十年足らずの若い国が、その存亡をかけて精一杯の奮闘し、「ひやりとするほどの奇蹟」を勝ち得た健気《けなげ》な姿であったが、その裏には、自身も体験した昭和陸軍の暴戻《ぼうれい》さへの批判があるであろう。

しかし、当時は敗戦から二十年余、戦争というだけで拒否反応があり、左翼思想の影響も濃厚で、一部の人たちは日露戦争など書く司馬さんを「反動的」だといった。

『坂の上の雲』は昭和四十三年から四年以上にわたって産経新聞に連載されたが、文藝春秋は切りのいいところで単行本にしてゆき、四十五年六月の第三巻から日露の対決が始まり、売れ行きに火がついた。

思いがけないことに、筆者はこの秋から司馬さんの係となった。出版部に来て驚いた。次の

巻はいつ出るのか、という問い合わせが絶えないのだ。司馬さんはたった一人で、世の中の雰囲気を変えてしまった。

本作りについて、司馬さんから本には地図を入れないでほしい、と強くいわれた。なぜなら「これは小説なのだから」。たしかに小説に図はいらない。したがって旧版にはそれが一葉も入っていない。

小説である以上、戦闘場面などは物語の展開に必要な箇所の記述だけでよい。しかしこの小説の場合、書かれてない部分も知りたくなってくる。それには地図が小説の理解を一層深めるとともに、誤解を避けるのにも役立つであろう。やはり会戦図などが必要だと説得して、全集収録時に月報などから図を入れ始めた。それは司馬さんの本意ではなかった。司馬さんにとって『坂の上の雲』はあくまで小説なのだった。

余談の余談❷

司馬さんの書く新聞小説はいつも長くなった

和田　宏

近ごろ影が薄くなってしまったが、新聞の連載小説は購読者を増やす目玉商品として大事に扱われてきた。大昔の尾崎紅葉や夏目漱石から始まって、司馬さんの頃までは効き目はあった、と思われる。硬軟さまざまな小説が現れた中で、司馬さんはどういう読者を照準に書いたかというと、一つの村を想定して、小学校の校長と寺の和尚と郵便局長あたりに読んでもらうのを目標とした、といっている。

司馬さんの新聞連載は、たいてい予定期間を超えて書かれた。長くなる分には読者は喜んだし、新聞社も上機嫌だが、ただ一人困惑する人がいる。それは司馬さんのあとに連載小説を書くことに決まっている作家である。じりじりして待機させられることになる。司馬さんも自分の予定が延びることを申しわけなく思い、新聞社を通してその作家に何度もわびを入れることがあったようだ。

が、作家のほうも、司馬さんのあとに書くというのはプレッシャーで、なんだ、今度のはおもしろくない、などといわれてはつらい。『坂の上の雲』の場合、次の執筆者は阿川弘之氏で、

「やりにくいに決つてゐた」と書いている。

予定が立たずに苛立つ半面、苦行が先延ばしになり、ほっとする作家もいたようで、「助かった」などという返事をすることもある。司馬さんにはその心理が理解できず、早く書きたいのでしょうにと首をかしげたりした。司馬さんはどういう場合でもどんどん書かなくては気がすまないのであった。『坂の上の雲』を書きながら、並行して『世に棲む日日』『城塞』『花神』『覇王の家』ほかを書いていた人なのである。

どうみても量産が利かない純文学の高名な短篇作家について、司馬さんが「あの人はどうしてもっとたくさん書かないのだろう」と本気でふしぎがるのを、筆者は聞いたことがある。

余談の余談❸

子規に影響された？　野球に熱中した真之

山形真功

「海軍野球の始祖」は秋山真之だった。

司馬さんの小説を読んでゆくと、その登場人物をもっと知りたくなってゆくから不思議だ。そこで右往左往していると、登場人物の、私にとっては初対面になる顔が見えてくることもある。

正岡子規がベースボールに熱中していたことは、有名だ。けれど、秋山真之もそうだったとは知らなかった。

『秋山真之』によれば、真之が海軍兵学校チームを作って野球をやりだした。アメリカで出た小冊子を訳しながらルールを覚え、棒切れをバットにしたという。

日露戦後二年のこと、慶応義塾野球部がハワイのセントルイス野球団を招いて試合をした。連戦連敗後、最終試合を控えた同野球部の求めに応じて、勝つための方策を真之が手紙で伝授した。

「褌《ふんどし》」の効用を説いていた。日露戦争中の黄海海戦にも日本海海戦にも「小生ハ必ズ先《ま》ヅ褌ヲ締メテ艦橋に上リ確ニ心気ノ動揺ヲ防遏《ぼうあつ》シ得タル……」と書き、「兎《と》ニ角緊褌《かくきんこん》一番を実験シ御試ニ被成《なされ》候」と勧めている。

そのせいか、慶応の野球部は最終戦に勝ったという。この明治四十（一九〇七）年十一月十三日付慶応義塾野球選手各位宛手紙は、『秋山真之』刊行時の昭和八年には野球部に遺されていたらしい。それは、いまもあるのだろうか。

ともかく、「大学予備門ニ在リタル頃ハ随分野球ニ耽《ふけ》リタルモノニテ」と書いているから、真之は子規と同時にか、子規に影響されてか、野球に夢中になったようだ。

東京大学予備門にはいっても、まだ将来の方向も見定まらず、ベースボールや無銭徒歩旅行、都々逸《どどいつ》、はやり歌、浄瑠璃などを歌い継ぐ「芸まわし」に熱中する子規や真之とその友人たち。『坂の上の雲』の「七変人」章前後は、何度読み返しても、胸に甘酸っぱいものが込み上げてくる。

余談の余談④

方言の多彩さでわかる地方文化が豊かだった日本

和田 宏

秋山真之が少年のころ遊んだ旧藩時代からの「お囲い池（プール）」には、「ここでは褌《ふんどし》をせねば泳がれん」と貼り紙があった。「泳がれん」とは「泳いではいけない」という意味の伊予弁である。

方言も「泳がれん」くらいならなんとなくわかるが、北は津軽弁、南は薩摩弁と、これが同じ日本なのかと思うほど多彩である。江戸期は三百諸藩が独自に文化を発展させた時代であり、司馬さんはそれがおもしろくて『街道をゆく』を書き続けた。

この国では古い手紙が多く残っていて、史料として歴史の解明に貴重であるが、それは物もちがいいという前に、手紙の生産量が大きかったせいといえる。幕末の志士は隣の旅籠《はたご》にいる人にまで手紙を出した。会っても言葉が通じないからだ。だから武士は能の言葉を、町人は浄瑠璃のそれを共通語にしたというが、能の言葉では政治は語れない。かれらは文章で意思の疎通を図るほかなかった。

明治政府は国民国家を成立させるためにも、「標準語」を作り出し、教育するのが急務であった。一方で軍隊においては、「……であります」といった、他の日本語にない長州弁などで軍隊語を作った。「テゲテゲにせえ！」などと方言で命令されても困るからである。

しかし、日露戦争当時の将軍たちはみんな江戸期育ちだ。軍隊語は体得していても、標準語になじんでいない。べつに軍司令官と参謀長がよもやま話に興じなくてもいいが、乃木希典（長州）と伊地知幸介（薩摩）が談笑する図は想像しがたい。『坂の上の雲』ではこの乃木や東郷平八郎をはじめ将軍たちはみんな寡黙だったというが、地言葉が通じなくて話すのが億劫《おっくう》だったのかもしれない。

――というのは冗談だが、命令を伝達する司令部にはこんな貼り紙があったりして。「ここではお国言葉は使われん」

講演再録「松山の子規、東京の漱石」

漱石の『坊つちやん』は大変な名作ですね。コロンブスの卵みたいな小説です。書かれてしまえば、ああこういう形式の小説もあるのだなと思わせる。

もっとも、名作ではありますが、ずいぶんと伊予松山の人をばかにした小説でもあります。

しかし、松山の人はけっこう喜んでいますね。坊っちゃん列車とか、坊っちゃん団子とか、松山は何かにつけて坊っちゃんです。自分たちがばかにされているのを喜ぶというのは、なかなかしたたかなユーモアの精神です。

漱石は江戸っ子でした。

漱石の時代の江戸っ子は、田舎を実に嫌いました。

徳川時代が長かったからですね。

江戸には都会センス、都会の美意識が育ちました。やはり三百年近くも実質的な首都だったわけですから、人間の言動、服装、たたずまいといったものに非常にうるさい所になった。野暮とか粋とか、そういうことばかりを言って、江戸っ子は暮らしてきました。

学問は三百諸侯が、つまり田舎が受け持ちました。お侍が勉強すると、町人百姓がまねをして学問をする。いい藩になると、精密時計のような学問文化を残しています。

しかし、漱石は別ですね。

江戸っ子ですが、学問もできる。

洗練された人のセンスから滑稽を感じて、『坊つちやん』を書いた。

それを松山の人が喜んでいるのは、非常に高級な感じがします。漱石も松山の人も、かなりいい線をいっています。

それにしても松山の人は遠慮が深いですね。

例えば松山の人は、「漱石、子規」と言う人が多い。近ごろは「子規、漱石」と言う人も増えてきたようですが、これまでは土地の者である子規を漱石の一段下に置いてきた。

もっとも、子規自身がそうでした。

漱石は大学生のころに、子規を訪ねて松山に来ています。

お母さんの八重さんに漱石を紹介するとき、子規は言います。

「この夏目という人はあしと違って偉い人だ」

漱石は学生のころから、貫禄がありました。姿勢がよくて、座っていてもこれは違う人物だという雰囲気があった。子規は大学をずっこけて落第していますからね。子規自身が同級生の漱石を非常に誇りにしていた。そう考えると、「漱石、子規」でもいいことになります。

もっとも、私は子規が好きなのです。

子規の話をどう話そうかと考えていると、どこから考えても子規のことが大好きだと思うばかりです。

子規記念博物館という個人の名前を冠した博物館ができて、めでたい気分でいっぱいであります。

ですから単なる順番の問題かもしれませんが、せめて土地の人ぐらいは「子規、漱石」と呼んであげてほしいと申し上げたいのです。

子規が革命の精神で思った「写生」

私は子規の散文が好きです。

子規と漱石の二人の功績は大きいですね。われわれ日本人のため、「散文」というものをつくってくれた。まず文章における社会学といった、そんな話からいたします。

散文とは何でしょうか。

よく私は若い人に聞かれるとき、肉屋さんの店先に鉤《かぎ》で吊るされている牛肉の話をします。

なかなか美しいものですが、散文とは詠嘆するものではありません。

その牛肉に五本の指を突きたて、かたまりをつかみだし、テーブルの上に載せるのが散文です。

牛肉をつかみだす握力、筋肉の動き、緊張、気迫、やりとげる精神力。

それらすべてが文体になる。最後にどんとテーブルに置くのは客観化するということです。

日本の散文は遅れていました。

詩歌は『万葉集』があります。子規は否定しましたが、『古今集』も『新古今集』もあります。最近は見直されつつあるそうですね。

つまり歌の場合、平安時代や鎌倉時代に絶頂期を迎えたことになります。

俳句にしても、芭蕉、蕪村によって絶頂期を迎えている。

ところが散文の場合、紫式部にしても、『源氏物語』は別にして、それほど驚くべきものではありません。

清少納言の場合も、散文といっても一種の述懐であり、さっきの牛肉のようなリアリズムではありません。

江戸時代には散文がそれなりに完成しました。

だいたい随筆その他が、日本ほど残っている国はないかもしれません。

中国だと、政治論文が多かった。

ヨーロッパの二、三の優れた国にはその現象がありますが、江戸時代のような例は少ないだろうと思います。庄屋の隠居が書く、軽い身分の侍も書き、坊さんも書く。書き手は実に多いのです。

ところが明治維新という文化革命が起こり、一瞬で江戸散文は消え、明治人たちは新しい散文をつくりあげなくてはならなくなった。

散文はだれでも参加できる言葉で書かれなくてはなりません。

子規なら自分の健康について論じられます。花鳥風月もとらえられる。もし子規が病気でなかったなら、他の社会の状態を報告することもできたと思います。政治も経済も論じられる。

漱石の散文もそうですね。

ただ漱石の文章は子規に比べれば、同時代人にとってはやや難しかったかもしれません。

子規は同時代人にとっていちばんやさしい、わかりやすい文章をつくりあげた。

二人の天才が相互に影響を与えながら青春を送り、しかも友人であり続けた。二人で文章日本語をつくりあげてくれた。

もっとも、こういうことはなかなか後続がないものなのです。文章というのは社会的な道具ですから、共通化しなくてはならない。その共通化に、その後七十年も八十年もかかっています。文章日本語が完成したのは、明治から百年近くなろうとしていたころでした。私は昭和三十年代の終わりぐらいだろうと思います。

このころになると、どの小説家も似たような文章になってきています。どの小説も作者の名前をはずすと、だれの作品なのか当たりにくい。それはめでたいことなんです。

それでもおれは自分の文体をつくりあげる、と明治の文学者がやったようにつくりあげているといえば、大江健三郎さんぐらいのものですね。やはり伊予は、そういう人を生む土地なのかもしれません。

さて、どうして散文の話から始めたかというと、私はときどき子規の名前の上につく「俳聖」という文字が、身震いするほど嫌いなのです。

たしかに子規は俳句と短歌の刷新をしました。自分の仕事は、日本人の伝統的な文芸に新しい命を吹き込んで後世に譲り渡す仕事だと、だれに頼まれたわけでもなくて、そう考えた。

俳句などはほとんど顧みられていなかった。夜店に行くと、いくらでも値段の安い手書きの句集が売られていました。隠居の文芸でしたね。

子規は軽んじられていた手書きの句集を買い集め、自分で分類して、書き直しました。それらの俳句を新しい美学で見直した。

短歌もそうですね。この当時の人たちは、『古今』や『新古今』の系譜を引く短歌をご挨拶がわりに詠んでいただけだったんですが、それらに否定に近い評価をした。

そして『万葉集』を前面に押し出した。いまなら『万葉集』はだれでも知っていますが、当時はそんなものは古い時代の田舎の歌だろうと思われていた。国学者には『万葉集』の研究をしている人もいましたが、ほとんど無視されていた。その『万葉集』を美学的に優れたものだと評価した。

おかげで俳句も短歌も全部よみがえり、日本人の重要な文芸として継承されている。しかしそれだからといって、まるで宮本武蔵が剣の達人と呼ばれるように、「俳聖」と呼ばれてしまうのでは、子規が可哀想であります。

子規は書生のまま、三十五歳で亡くなりました。

脊椎カリエスのため、苦しい病床に七年間もいました。背中にいくつもの穴があき、包帯替えのときには泣きわめくような痛さでした。

そういう悲運のなかにあり、嘆くこともなかった。そして、それほどの悲愴感もありません。自分の命はだいたいこれだけなのだと、きわめて冷静に分析しています。町を歩いていて小遣いがなくなってきて、あと二十五円ぐらいしか残っていない。その二十五円で何ができるか。それが子規にとって肝心でした。

俳句や短歌の革新であり、散文をつくりあげることでした。命との競争でやるべきことをすべてやった。人間として、正岡子規ほど勇気のある人はちょっといないのではないかと、私は思うのです。

写生という言葉は子規の始めた言葉です。しかし、非常に安易な言葉として使われてきましたね。

私は大正十二年（一九二三）生まれですが、そのころの絵の授業を子規が見たら、びっくりしたかもしれません。りんごならりんごをそばに置いて描くのではありません。だれか上手な絵かきさんが描いたりんごの絵を、そっくりに写すことが絵画教育でした。

これは物を見ない絵ですね。

正岡子規が明治にあれほどのことをやっているのに、昭和初年の小学校の絵画教育はそれだけ遅れていた。

たまたま私の先生はそれだけではなくて、私たちを外に連れていってくれた。そのへんのものを写生しろと。

ですから私は、外に出てさっと描くのが写生なんだと、子供のときに理解したんですが、もちろん子規の言う写生はそんなものではありません。

子規は言っています。

「写生というものは、江戸時代にはなかった。写生とは、物をありのままに見ることである。われわれは物をありのままに見ることが、きわめて少ない民族だ。だから日本はだめなんだ」

身を震わすような革命の精神で思った言葉が写生なのです。ありのままに物を見れば、必ず具合の悪いことも起きる。怖いことですね。だから観念のほうが先にいく。

明治維新のイデオロギーといえば「尊王攘夷」でした。幕末にヨーロッパ人やアメリカ人がやってきたとき、はねかえすためには将軍ではだめだということになった。架空の一点をつくる必要が出てきました。

架空の一点とは天皇のことですね。

京都にいて、何世紀もの間、政治的な実力を持たなかった人を、尊王攘夷の観念にあてはめ、あとはシュプレヒコールを繰り返した。

その観念主義の癖が、明治以降の日本を覆いました。

大正末期や昭和初期、マルクス青年や学者がたくさん現れました。私から見れば水戸史学の裏返しのようなマルキシズムでした。

彼らは日本の歴史を素直に見ていませんでした。

伊予松山は十五万石であります。

マルキシズムの日本史でみれば、殿様の久松さんは大地主ということになりますが、それを松山の人に聞けば、こんな答えが返ってきます。

「いや、久松の殿様は租税を徴収する権利を持っているけど、地主ではない。地主は百姓であり、町人だ」

これは松山の人ならだれもが知っていることなのです。

例えばロシアの場合は、もう少し簡単な社会構造になっていました。

ほとんどの農民が農奴であり、地面にしばりつけられていました。地主は貴族です。貴族がカネに困れば農地を売りますが、その場合は農奴ごと売る。農奴六千人が乗っかっている土地だと、高く売れることになる。

自由農民もいましたが、ほとんどが農奴と貴族でできあがっている社会です。ロシア皇帝のロマノフ家は貴族全体の代表者でした。

つまり貴族を追い払えば、貴族はすなわち地主ですから、これで革命ができあがる。きわめて二元的な社会でした。

中国もそうでした。毛沢東政権ができあがる寸前の中国は、大多数の人民は小作人でした。人口の一割ほどの地主が、ひどい場合には生殺与奪の権まで持っていました。昭和十年代、二十年代初めの話ですよ。地主が勝手に農奴の裁判までしていた。それならば地主を追っ払えば、革命が完成する。

日本ではこうはいきません。ちゃんとした松山藩の侍が農地を私有しているというのは、侍は土地を持ちません。恥ずかしいことでした。

侍は租税を徴収し、行政をするというのが江戸の封建制でした。

そんなことは調べればすぐにわかることなのです。しかし、日本の多くの左翼運動家は非常におおざっぱに日本史をとらえてきた。こういうことで左翼運動は衰退したのではないか。つまり足元がしっかりしていなかった。

正岡子規の言う写生の精神がなかったということになります。学者、知識人も「牛肉」をどんと置かず、観念であいまいに過ごしてきたのでしょう。

写生の精神は、昭和史にはほとんどありません。

実際に国家を運営した軍人に、まるでリアリズムはありませんでした。

ただ試験の成績がいいだけの人が陸軍大臣となる。偉い参謀肩章をつけた軍人が肩で風を切り、政治に参加し、クーデターを起こす。昭和十四年（一九三九）にノモンハン事件で大敗した二年後、世界中を相手に戦争を起こしています。

これは阿呆ですね。

自分の観念にフィルターを、目玉に霧をかけ、物を見ようとしない。そういう文化が長く続いてきた社会であります。

子規の言う写生の精神とは、俳句や文章における写生ではありません。日本文化における深刻な劣等性を思い、それを解決する方法として写生を提示した。この写生の精神さえあれば、日本の文芸はなんとかなる。日本人の精神はしゃんとする。日本文化は立派なものになると、子規は思い続けた。

子規は自分自身を客観化できる人でした。これが大事なのです。

自分は見えにくいものです。

だれでも我にとらわれていますし、自分がかわいい。自分には点数をつけたくないものです。

しかし子規には見えた。自分の胃袋、心臓の働き、頭脳や性質、自分とは何かが実によく見えた。

子規が輝いた時期は病床の七年

子規の『墨汁一滴』とか『仰臥漫録《ぎょうがまんろく》』『病牀六尺《びょうしょうろくしゃく》』をぜひお読みください。楽しい、実に愉快な本です。

その中に、自分は泣き虫だったという文章があります。いじめられっ子だったようですね。押せばすぐに泣くので、いじめっ子が寄ってくる。わああ泣きながら家に帰っていく。

すると妹の律さんは気の強い人ですから、飛んでいって石をぶつけてきたりする。兄貴思いは律の一生のテーマとなったのですが、ちっちゃい妹に救われて、情けない兄貴であると、実に正直に書いています。

ところが昔は灸《やいと》というものがありました。

このころは薬のない時代でしたから、病気になったら終《しま》いでした。ですから灸は健康のためにするものでした。病気にならないように、子供も毎月、灸をした。

これは熱いものでした。

どこの家の子も毎月泣くわけです。

子規をいじめているガキ大将も、灸のためにわんわん泣いた。ところが子規は泣いたことがない。自分は弱虫でどうしようもないけれど、そういう痛さや熱さは我慢できる性質だと書いています。

人間はどこに勇気があるのか、どこが弱点でどこが人より強いのか。その組み合わせは人によって違うものですが、子規は自分の組み合わせをよく知っていた。『墨汁一滴』はいつ読んでも新鮮です。都会と田舎をテーマにした随筆がありますね。田舎の子供に比べて手先の不器用な都会の子供や、「筍」が「竹の子」と知らない東京の奥さんが登場します。

さらに漱石のことも書いています。

当時の漱石はまだ有名ではなく、牛込あたりに住んでいる友人として登場しています。

いまは大変な都市ですが、そのころの牛込にはたくさん田んぼがあった。漱石の家の周りも田んぼだらけで、二人は青々とした田んぼを見ながら、散歩をしています。

漱石は町っ子です。稲を見てこう言います。

「これに米がなるとは知らなかった」

稲を知らなかったんですね。

子規は言います。

都会の人間は、どうも彼のようなところがあるらしい。そこへいくと、われわれ田舎の者は、草鞋《わらじ》から味噌から何でもつくってきたし、よく知っている。

これは結論のない随筆なんです。

都会と田舎のどちらがいいというのではなくて、それぞれを描写している。そして最近は東京の風が田舎にもおよんでいるのは、ちょっと困るといった雰囲気の随筆でした。

子規は自分の暮らしの手ざわりの中から、リアリズムをつくりあげた。

いちばん頭が冴えていた、輝いていた時期は、病床の七年間でした。

寝たきりです。

部屋からちょっとした庭を見たり、塀の向こうを見たりすることだけが、彼の天と地のすべてでした。

そこから全世界、全宇宙を写しあげていこうとする人だった。

子規を長く生かし、ほうぼうを歩き回らせたかったですね。もっとおもしろい文学者になったかもしれない。リアリズムとは何かを、もっとわれわれに教えてくれたかもしれない。

しかし天はそれだけの寿命を彼には与えなかった。

子規の継承の仕方を間違えますと、俳句と短歌だけになってしまいます。子規の写生の心を、言った言葉を深刻に受け止めていただきたい。われわれの日常の暮らし、世界を見る目、自分自身を見る目をお考えください。自分の寿命を見る目だって、違ってきます。もう寿命は二、三年だからおれは何もしないとか、そんなことは言わないほうがいいですね。自分の寿命があと三分あるなら、三分の仕事をしたほうがいい。子規はそういう人でした。

そういうことこそわれわれは継承したいものですね。

一九八一年四月四日　松山市立子規記念博物館　子規記念博物館開館記念講演

協力＝ＮＨＫ

（朝日文庫『司馬遼太郎全講演[2]』より再録）

子規と秋山兄弟の選択

激動の時代と子規の小宇宙

秋山好古《よしふる》はフランス留学から帰国、陸軍騎兵第一大隊長になった。弟の真之《さねゆき》は海軍少尉となり、巡洋艦筑紫が持ち場となる。正岡子規は大学をやめて新聞記者になった。東京・根岸に松山の母と妹を呼び寄せている。

子規が住んだ旧居、子規庵はJR鶯《うぐいすだに》谷駅から歩いて五分ほど。空襲で焼失したが、一九五一（昭和二十六）年に再建されている。命日（九月十九日）は糸瓜忌《へちまき》と呼ばれ、二〇〇九年九月は二千七百人近くが見学に訪れた。十一月末のドラマ「坂の上の雲」放送開始を前に、子規庵もムードが盛り上がったようだ。もっとも子規庵の案内者によれば、

「それなのに、肝心の糸瓜のなりが遅くて、ハラハラしましたけどね」

朝顔や芙蓉《ふよう》、萩などに彩られた子規庵の庭も、山茶花《さざんか》、藤袴《ふじばかま》が咲き、紅葉も色づきはじめている。夏のうるさい蚊はもういない。案内の男性がいう。

「雪が降ってきたとき、窓から見る庭の景色がいいんです。冬ならではのぜいたくな眺めですよ」

病気が重くなってからの子規は、「小園の記」という文章を書いている。「今小園は余が天地にして　草花は余が唯一の詩料となりぬ」とあり、〈ごて〳〵と　草花植ゑし小庭哉〉

世情は混沌としていた。日清戦争が近づくなか、子規は独自の文学世界を生み出してゆく。母と妹、そして小さな庭が支えだった。

鶯横丁の日々

軍人としての道を着々と歩く秋山好古、真之にくらべ、正岡子規はまだまだはるかな青春の途上にある。

帝大文科大学（現・東大文学部）に進んだものの、学業は進まない。小説家を夢見たが、これもはかどらない。このころ、旧松山藩子弟の寄宿舎、常盤《ときわ》会寄宿舎に住んでいたが、ここも出ることになった。

〈原因は居づらくなったのである。

「正岡は、毒をまきちらしている」

と、寄宿生のある勢力はつねに言い、事ごとに攻撃した〉（『坂の上の雲』）

「毒」とは文学活動のこと。

子規は人気があった。その文学熱にかぶれて俳句や短歌、小説に熱中してしまう仲間たちが増えていく。監督をすべき立場の舎監、内藤鳴雪《めいせつ》も子規に弟子入りしてしまう。

鳴雪は旧松山藩きっての名士で、以後、子規派の重鎮となるのだが、これも「非文学党」の怒りを買った。

のちに満鉄理事となった寄宿舎の古株、佃一豫《つくだかずまさ》が子規を痛烈に批判し、「文学毒」をおそれた松山の親たちからの反発もあった。子規はついに寄宿舎を出ている。明治二十五（一八九二）年には二度めの落第となり、翌年、帝大も中退した。

子規の東京での保護者的な存在の陸羯南《くがかつなん》は、そんな落ち目の子規にいう。

「いいんだよ」

羯南は心底優しい男だった。すっかりあてがなくなった子規に対し、

「私の社においでなさい」

といった。

羯南は当時、明治の言論界で注目を集めていた新聞「日本」の社長兼主筆となっていた。月給は最初、十五円だが、すぐに二十円にしてくれるという。

すでに学生時代に子規は「日本」に連載をしたことがある。「獺祭書屋俳話《だつさいしょおくはいわ》」という俳句の評論記事で、のちに小冊子になった。書くことには自信があったから、願ってもない話だっただろう。

「ついでに、私のそばに越してきなさい」

羯南はさらに提案した。

「いっそ、母さんや妹さんをよんではどうだろう」

こうして母の八重と妹の律を呼び寄せ、家族三人、子規の新しい生活が始まることになる。

明治二十五年十一月で、翌月には「日本」に入社した。羯南の家のすぐ隣の下谷区上根岸八十八番地に住み、二十七年二月からは上根岸八十二番地に住んだ。

引っ越しの理由は月給が三十円になったからで、家賃は最初は四円だった。現在「子規庵」として知られ、子規の終《つい》の住処《すみか》となった家である。

〈間かずは五つで、玄関は二畳、その右が三畳の茶ノ間になって、ここに母のお八重がいる。妹のお律はその左の四畳半にいた。玄関の奥が八畳で、これが客間というべきものであろう。客間の左が六畳の部屋で、ここを子規は居間兼書斎にした〉

このあたりは加賀藩の旧藩主前田家の敷地内にあった。子規の家は「鶯《うぐいす》横丁」と呼ばれる通りに面していて、黒板塀が道沿いに続いていた。家族との暮らしは、結核に悩まされていた子規にとって、心強かっただろう。松山市立子規記念博物館の学芸員、上田一樹さんがいう。

「羯南の支えがあり、一家の長として、ある程度生計が立てられる算段がつき、そうすると〝家族と一緒に暮らしたい〟という思いが強くなったのではないでしょうか」

妹の律といえば、子規の看病に半生を費やしたイメージが強い。

「そんな律さんのことを、子規は『仰臥漫録《ぎょうがまんろく》』に『木石ノ如キ女』とか、『強情』『冷淡』などと書いています。一方で、自分の看護に関して律に勝る者はないとか、自分の秘書でもあって原稿の浄書もできると書いています。さらには、律を一日でも欠くと、自分が明日生きられるかどうかわからないし、この家が立ち行かなくなるともいっています。結局、とても頼りにしていたんですね」

律に甘えているのは子ども時代からのようだ。『坂の上の雲』でも泣き虫の子規を律が救う場面がある。いじめられて泣いて帰る子規をみて、

〈「兄《あに》ちゃまの仇《かたき》」

と、そういう言葉を吐いて石を投げに行ったりして、近所では評判だった。かといってべつにお転婆《てんば》ではなく、平凡ながらシンのすわった娘で、その童女のままの心でおとなになっている〉

上田さんはいう。

「幼いころには兄妹でよく川遊びをして、蜆《しじみ》をとったり蝦《えび》を釣ったりして遊んだようです。兄妹仲はもともとよかったんで

子規ゆかりの地

しょう。また、子規の友人の柳原極堂《きょくどう》は、幼いころの律さんの印象を『歳に似合わず大人びてしとやかであった』とも語っています」

律は子規について、さまざまに考え抜いていた。たとえば大食漢で有名な子規だが、簡単にリクエストには応じなかったようだ。近所の団子が食べたいと子規がいうが、最初は反応しない。「買ってこい」ときつく命令したら、ようやく動くと、子規はぼやいて書いている。

「律さんに裁縫を教えてもらっていた方の話ですが、『命令されたらはじめて動くぐらいのほうがいいんだ』といっていたみたいです。あれもこれも食べたい子規なので、いちいち聞いていたらきりがないんでしょう。晩年の子規はずっと寝たきりで、そんなにたくさん食べたら胃を悪くするから、自分はあえて動かない。命令するぐらいだとよっぽど食べたいんだろうから動くと語ったそうです」

兄思いの妹を、子規は詠んでいる。

〈妹に七夕星を教へけり〉
〈いもうとの袂《たもと》探れば椿哉《かな》〉
〈妹なくて向ひ淋しき巨燵《こたつ》哉〉

さて、子規や律が暮らしたころから百年以上の時間が流れている。今、「鶯横丁」を目指して根岸の町を歩くと、軽い衝撃に襲われてしまう。

ＪＲ鶯谷駅北口から歩いて五分ほどで、路地が多い。そしてどの路地に入っても、刺激的な色合いとロゴの看板の数々が、確実に目に飛び込んでくる。「宿泊¥６３００より」「サービスタイム」といった文字が躍り、栄養ドリンク剤の自販機がある。都内でも有数のホテル街になっていて、女性への免疫が薄そうな子規が見たら、卒倒してしまいそうである。

印象としてはホテル街の中に、ぽつりと、どこか寂しげに昔の姿のまま子規の家がたたずんでいる。

子規庵の近くには陸羯南の旧居、子規の弟子、河東碧梧桐《かわひがしへきごとう》の家も一〇〇メートルほどの距離にあった。子規庵の向かいには子規に絵を教えた画家の中村不折《ふせつ》がかつて住んでいて、いまは書道博物館になっている。艶と文学がごちゃまぜになった、不思議な空間だ。

かつて、司馬さんもこの地を何度も訪れたそうだが、これほどではなかっただろう。しかし、根岸を歩くたびに迷子になっていたようで、子規とその周辺の人々のことを書いた『ひとびとの跫音《あしおと》』（中公文庫）にもそんな場面がある。その日も迷った司馬さん、近所のそば屋に入って注文したあとにいった。

〈それはそうと子規庵はどこにありましたか、ときくと、土間にいた入道顔のあるじが

私の顔をじっと見てから、不意に奥にむかい、この近所に子規庵というそばやがあったっけ、とどなった）

さて、この界隈にはいたるところに子規の句が貼られている。

〈燕《つばくろ》や根岸の町の幾曲り〉

〈人もなし鶯横町春の雨〉

〈琴やめて鶯聞くや下屋敷〉

句と町の解説は「根岸子規会」が貼ったもので、会長である奥村雅夫さんに会った。

「初めて来た人はホテル街に驚いてしまいますが、じっくり歩くと、いろいろな発見がある町なんです。でもホテル街に、何の説明もなく子規庵があってもさびしいでしょう。そこで根岸にまつわる句の紹介をして、町を知ってもらおうと思ったわけです」

子規が根岸を詠んだ句は約二千あるという。

子規が愛した根岸に奥村さんは育った。昭和二十二年生まれで、

「今も子規庵にある土蔵と、中村不折の建物や土蔵、すぐ近くにある八二神社、それだけが焼け残ったんです。それこそ隣の日暮里の駅まで見通せたぐらいで、土蔵がポツリポツリ立っているというのが私の原風景ですね」

旅館のある光景は、幼いころの奥村さんたちの遊び場でもあった。

「今ほどではないですが、旅館はありました。盛り場の上野のすぐ隣で、ホテルが増え

ていったんでしょう。その手の旅館は入り口が二カ所で通り抜けができてね、よく鬼ごっこしましたよ」

子規がいた当時の鶯横丁はどうだったのだろうか。

「前田家の黒板塀がずっと片側にあって、もう一方は竹垣なんです。一間ほどしかない狭い道で、木の葉や水がたまりやすくて、下駄で歩くとグジャッと音がするような道だったようです」

その後、五千坪もあった前田家の敷地は分譲され、道路も整理され、かつての名残は失われていく。次第に町は原色に彩られていった。

「でも、切れ切れでも道は残っている。道しかないといえばそうだが、道はあるんだと。道も文化財だよね」

こうしてホテル街のあちこちに子規の句が貼られるようになった。子規の時代とは全く違う町並みの中、句はよすがを探す手がかりになっている。

奥村さんは豆腐料理屋「根ぎし　笹乃雪」の家にうまれ（十代目当主の弟、十一代目の叔父）、いまも豆腐をつくっている。子規が大好きだった豆腐だ。住所は旧でいえば上根岸八十二番地。子規の番地と同じである。

新聞人の磁場

子規が神田雉子《きじ》町の日本新聞社に出勤するようになったのは、明治二十五（一八九二）年十二月。子規は二十五歳だった。東京での身元保証人の陸羯南《くがかつなん》が社長兼主筆の新聞社であり、かなり優遇されていたようだ。

〈勤務については、羯南は子規が病身のことでもあり、

「べつにこれという仕事もないから、毎日出る必要はありませんよ」

といってくれた〉（『坂の上の雲』）

午後二時ごろに出社し、二時間ほどで退社するといったこともあったようだ。もっとも、羯南のように〝理解〟がある人ばかりではない。編集主任の古島《こじま》一雄（一念《いちねん》、一八六五～一九五二）は最初、

「どうせ浮世ばなれした文学青年だろう」

と、冷たく見ていた。古島は明治、大正、昭和を生き抜く政治家になる人物で、硬派の記者として鳴らした。入社早々、

「帰りに牛鍋屋《ぎゅうなべや》へ寄ろう」

と誘ったのには理由がある。

〈子規に、新聞はいかなるものかということを教えて焼きを入れるつもりだった〉

新聞社にはよくいるタイプかもしれない。古島はとうとう新聞を論じた。しかし、終始黙っている子規に押され気味になっていく。

〈子規の才能にはもともと新聞をやれるような常識的な感覚がまじっていたし、事務処理にかけては社内のたれにも負けなかった〉

力を入れた俳句の記事の評判がよかったこともあり、古島は次第に子規を認めるようになる。

しばらくしてからは、家庭新聞「小日本」の編集を任せている。

論説が主体の「日本」は政府攻撃が激しく、よく発行停止となる。それでは会社が営業的に持たず、姉妹紙「小日本」も出すことになった。もっとも家庭向けの読み物が中心なので、硬派の記者たちではおぼつかない。『子規全集』に収録されている「古島一雄翁の子規談」によると、

「僕は子規にやらせようと言った。その時、陸は首をひねった、若いぢゃないか。新聞の主宰をすることはどうだかな。併《しか》し他に人は居ないよ。福本日南《にちなん》、これは大物は大物だが社会種を扱はすのは無理だ。正岡以上の者はない。あいつは何でも知ってゐる」

残念ながら「小日本」もやがて発行停止になってしまうが、それまでの評判は悪くなかった。

〈とにかく子規の編集者としての腕は、新聞にうるさい古島一念もみとめるようになり、子規の死後、

「天がその才幹をねたんでこのひとを夭折《ようせつ》させた」

とまで古島は言い、その死を惜しんだ〉（『坂の上の雲』）

すっかり古島は子規のファンになったようだ。それまでまったく興味のなかった俳句を子規に習ったり、余計なお世話で吉原に連れていったこともある。

「ところが奴、朝になると何時か知らん間に帰ってしまふ。とうとう流連《いつづけ》といふものは知らなかった」（『子規全集』）

と、古島は語っている。

古島のほかにも、「日本」には魅力的な人々が集まっていた。羯南の盟友の三宅雪嶺《せつれい》、政治評論の福本日南、漢詩の時事評論が評判だった国分青厓《こくぶせいがい》、朝日新聞時代に夏目漱石をスカウトした池辺三山《さんざん》、大正デモクラシーを代表した長谷川如是閑《にょぜかん》と、じつに多士済々だった。

子規は同郷の後輩が、「朝日」と「日本」のどちらに入社するかで迷っているとき、「日本におし」といった。給料は「朝日」だが、人材は「日本」だという。

「人間は友をえらばんといけんぞな。日本には羯南翁がいて、その下には羯南翁に似たひとがたくさんいる。正しくて学問のできた人が多いのじゃが、こういうひとびとをまわりに持つのと、持たんのとでは、一生がちごうてくるぞな」

司馬さんは、羯南には「磁場」としての偉大さがあったと考えていた。羯南研究がもっとされるべきだと考え、長年の友人にすすめた。その友人あての手紙に書いている。

「羯南はえらいですが、磁石としてのえらさで、その磁場にあつまっていた鉄片たちが重要かと思います。というより、そういう羯南磁場とは何か、ということです。これは、青木兄でなければ考えにくいテーマだろうと思ったのです」（朝日文庫『司馬遼太郎からの手紙　下』）

羯南研究をすすめられたのは、産経新聞の後輩の青木彰さん。経歴については、『街道をゆく42　三浦半島記』に紹介されている。

〈大学は東大だが、その前は海軍兵学校にいた。事件報道のデスクとしての仕事ぶりも、艦橋から艦隊決戦を指揮しているようなりりしさがあった。編集局長になってから社をやめ、筑波大学で新聞学を教えた〉

羯南研究をすすめたのは筑波大学の教授になったばかりのころで、かつて青木さんはいっていた。

「ジャーナリズムの現場を歩いてきた僕に、明治のジャーナリズムの原点を考えろということだろうね。司馬さんからこのとき大きな宿題をもらったんです。しかしね、これは大変な宿題だよ」

ため息をついていた青木さんをよく覚えている。筑波大から東京情報大学の教授となり、のちに司馬遼太郎記念財団常務理事になった。

タフガイだった青木さんだったが、体調を崩し、七十七歳で亡くなった。二〇〇三年十二月十六日が命日で、〇九年が七回忌だった。

しかし、〃宿題〃は引き継がれたようだ。青木さんの筑波大学での教え子を中心にして、二十人ほどのメンバーが「陸羯南研究会」を立ち上げ、精力的に活動している。羯南の功績や、彼のもとに集まった人々の実像を研究する会で、会のまとめ役、高木宏治さんはいう。

「筑波には青木塾というのがありまして、十二期通算で二百五十人ぐらいいるかな。マスコミに就職した者もいますが、僕のように関係のない会社につとめている者もいます。週に一回先生の家に行き、話を聞き、ひたすら飲む。先生はまちがいなく磁場でしたね」

高木さんは青木さんから頼まれて羯南の資料を集めていた。

「司馬先生に亡くなられ、ご自分も体調を崩され、時間もない。先生は羯南の件を大変気にされていました。最後の入院の前に何人かとご自宅を訪ねたとき、『青木塾に集まった縁を大事にしてほしい』とおっしゃった。宿題の引き継ぎを受けたんだと思います」

青木塾のメンバーを中心に「陸羯南研究会」の活動をすすめているうち、貴重な発見もあった。新聞「日本」付録の地図五十二枚、付録の写真集「日本画報」などで、それぞれ「ゆまに書房」から復刻出版されている。

「日本画報」は写真や絵画だけで編集され、明治三十七（一九〇四）年から明治三十九年までに四十二号が発行された。最初は日露戦争が中心だったが、その後のテーマをあげると、花見、相撲、ボートやテニス、ファッションと、多岐にわたる。グラフ誌の先駆けだったのだろう。子規も写真や絵が好きだった。高木さんは、松山市立子規記念博物館の「子規博だより」に寄稿した文章に書いている。

「羯南は子規の超凡な人格を惜しんだ。この『日本画報』は、若くして逝った子規に、羯南が見せたかったより広い世界、それが手向けの花であったのかもしれない」

高木さんはいう。

「それにしても青木先生、司馬先生がお亡くなりになるまでは、そんなに親しいとはまったく話してくれませんでした。私を含め青木塾のメンバーの多くも司馬ファンなのに」

さて、青木さんはＮＨＫの『坂の上の雲』のドラマ化にも尽力した。

「ずいぶん司馬さんは海軍をよく書いてくれたけど、軍隊は軍隊です。そんなにすばらしい訳がない」

と、青木さんはいっていた。海軍を深く知る青木さんなら、こんどのドラマをどう見ただろうか。

日清戦争前夜

子規が新聞「日本」の記者になったのは明治二十五（一八九二）年の暮れ。このころ、「日本」の紙面はキナ臭くなっていた。国際情勢が緊迫し、特に清国、ロシアとの関係が悪化、「戦争」が近づきつつあった。時代は帝国主義である。

〈帝国主義と自由と民権は渾然《こんぜん》として西洋諸国の生命の源泉であると見、当然ながらそれをまねようとした〉（『坂の上の雲』）

明治日本のお手本は良くも悪くも欧米列強だった。イギリスやフランスは広大な植民地経営に励み、新興のロシアやドイツは勢力拡大に懸命となっている。アジアでは日本がそれに一枚加わっていた。

焦点は朝鮮半島で、宗主国として大きな影響力を持っていた清国に対し、新たに日本とロシアは保護権を主張しようとする。

〈日本は朝鮮半島が他の大国の属領になってしまうことをおそれた。そうなれば、玄界《げんかい》灘《なだ》をへだてるだけで日本は他の帝国主義勢力と隣接せざるをえなくなる〉

朝鮮半島の李王朝が中立を守るのか、あるいは日本を優先してくれる状態が望ましいということになる。

実に勝手な言い分だが、日本政府はそのために李王朝に圧力をかけつづけた。こういった日本の帝国主義を「開業早々だった」と、司馬さんは表現する。

列強は老獪《ろうかい》だった。強盗のような商人であり、武力も使い、ヒューマニズムも標榜する。日本やロシア、ドイツはあまりに〝新米〟だった。

〈開業早々だけにひどくなまで、ぎごちなく、欲望がむきだしで、結果として醜悪な面がある〉

と、指摘する。

そんな時代の外交官のひとりとして、小村寿太郎《こむらじゆたろう》（一八五五～一九一一）がいる。

〈小村寿太郎というのは日向《ひゆうが》（宮崎県）飫肥《おび》藩の出身で、この物語の主人公のひとりである秋山好古よりも四歳上である〉

小村は日清戦争開戦の前年、一八九三（明治二十六）年に外交官デビューを果たす。赴任先は焦点の清国。駐在公使は北京を留守にしがちだったため、参事官の小村が赴任してすぐ代理公使に任命されている。

遅すぎたデビューだった。

小村は文部省の第一回留学生としてハーバード大学へ留学、三年で卒業し、ニューヨークの法律事務所で二年間働いた。帰国してやがて外務省に入る。しかしながく翻訳局長に据え置かれた。どうやら上司の受けが悪かったようだ。

「藩閥と党閥が国家をほろぼす」

という信念のもと、長州の大物、井上馨《かおる》の鹿鳴館外交も手厳しく批判したことがある。

「自分は国家だけに属している。いかなる派閥にも属しない」

と、明言していた。これではまず出世は覚束《おぼつか》ないが、外務大臣の陸奥宗光に拾われている。

陸奥は薩長藩閥ではなく、元紀州藩浪人で海援隊出身。師匠の坂本龍馬を終生尊敬した。小村の才能はもちろん、日本人離れした鼻っ柱の強さも買ったのだろう。陸奥も政府内では変わり者のひとりだった。

しかし小村はその「恩人」にも情け容赦がない。陸奥が、やがては君のワシントンへの異動も考えようといったところ、あっさりいった。

「ご心配はありがたいですが、そういう将来においてもあなたが外務大臣をつづけていらっしゃるという保証はございますまい」

カミソリといわれた陸奥も沈黙したという。

清国にいくと、李鴻章《りこうしょう》にもかみついている。李鴻章は全権大臣であると同時に、清国では最強の軍隊を私有していて、「東洋のビスマルク」と称された。もっとも、実力はあるが尊大さが欠点でもあった。パーティーに招いた小村に、ホスト役の李鴻章がささやいた。

「貴国のひとびとはみな閣下同然小そうござるのかな?」

小村はたしかにパーティーでは図抜けて小さいようだった。しかし、静かに答えている。

「日本人は小そうございます。ただ大きい者もおります。閣下のごとく巨軀《きょく》をもつ者もおりますが、わが国ではそれをうどの大木とか、大男総身に智恵がまわりかね、などと申し、左様な者には国家の大事は托《たくさ》ぬということになっております」

あとは哄笑《こうしょう》したという。

専門外の清国だったが、懸命に研究した。在任一年足らずで東京に引き揚げたとき、当時の北京の人口、交通、衛生状態などを語り、軍隊の状況についても語っている。

「北京政府の軍兵十五万というも、実数は十二、三万である。(略)実際に兵卒らしい者は二万の数にも満たない。ただ李鴻章の直轄にはさすがにみるべき軍隊があるが、これも不規律でおそるるに足らない」

「渤海《ぼっかい》湾の守備おそるるに足らず。わずかの危険をおかせばわけなく上陸、北京を衝《つ》きうる」

と、主戦論を展開している。

その故郷、宮崎県日南《にちなん》市飫肥《おび》を訪ねた。「九州の小京都」と呼ばれる落ち着いた城下町で、復元された小村の生家や生誕地、国際交流センター小村記念館もあり、小村は大事にされている。記念館の入り口には小村の等身大パネルがあり、学芸員の長友禎治さんが説明してくれた。

「これが観光客の方に一番人気で、みなさん、小さいことに驚かれます。明治初期のパスポートによると、身長は百五十六センチでした」

清国赴任時には風采があがらず、「ねずみ公使」というあだ名もあったとされる小村だが、青年時代の写真を見ると色白の貴公子らしい。

「宮崎には昔から『延岡《のべおか》男に飫肥女』という言葉があるんです。小村は女性的な顔で、いまのイケメンですね」

と、長友さんはいう。

小村は、十八石取りの徒士《かち》の家に生まれた。六歳で藩校「振徳堂《しんとく》」に入り、最初の恩人に見いだされている。西郷隆盛と大久保利通の戦いを描いた『翔ぶが如く』（文春文庫）に、

〈小倉処平《おぐらしよへい》は飫肥における後進の育成に熱心だったが、とりわけ小村寿太郎を親鳥がその子を哺《はぐく》むようにして育てた〉

とある。小倉は「飫肥西郷」といわれた人物で、政府留学生として英仏で政治経済を

学んだ俊才。後輩の育成にも熱心で、小村を長崎、東京で学ばせた。もっとも小倉はフランス仕込みの自由主義者ながら、西郷に心酔してしまう。

「小倉は飫肥士族を率いて、西南戦争で戦死しています。小村がハーバード大にいたころで、日本にいたら小倉と同じ運命だったでしょう」

飫肥藩は約五万石の小藩であり、七十七万石の薩摩藩と国境を接し、つねに生き残りを外交にかけてきた。

「飫肥藩が薩摩藩と対峙《たいじ》してきた姿は、新興国の日本が欧米列強に立ち向かっていくのと似ている気がします。外交にすぐれた小村はほかの土地では生まれなかったと私は思っています」

と、長友さんはいっていた。

郷里の後輩は小村を評し、「ハイカラ教育を受けたバンのバンのバンカラ党」という。バンカラ党はのちに外務大臣となり、日露戦争で収束に奔走する。ポーツマス条約（一九〇五年）の全権となり、難航を予測し、死を覚悟して交渉に臨んだ。

予想どおり、賠償金をとれずに条約を結んだことを痛烈に批判され、「日比谷焼打《やきうち》事件」と呼ばれる暴動に発展する。内相官邸、政府系の新聞社、交番などが焼かれた。仲裁したアメリカへの怒りから、アメリカ人への投石や教会の放火もあった。

「日比谷暴動から日本の転落は始まったね。愚かな帝国主義の始まりでした」

と、司馬さんはよくいっていた。

飫肥の公園の高台には、フロックコートを着た小村の銅像が、ポーツマスを向いて立っている。

小村は結局、帝国主義の怖さ、愚かさを知り尽くした人でもある。

伊藤博文と下関条約

明治二十七（一八九四）年、日清戦争が始まった。大国が相手で多くの日本人が苦戦を予想したが、意外にも連戦連勝する。

陸軍はソウル、平壌で次々と勝利して清国領に進出、旅順要塞《りよじゆんようさい》をわずか一日で落としている。

海軍も豊島沖《ほうとうおき》、黄海《こうかい》、威海衛《いかいえい》の海戦で完勝した。清国自慢の大型軍艦「定遠《ていえん》」と「鎮遠《ちんえん》」のうち、「定遠」は水雷艇の攻撃を受けて大破し自沈、「鎮遠」は捕獲された。

〈勝利の最大の因は、日本軍のほうにない。このころの中国人が、その国家のために死ぬという観念を、ほとんどもっていなかったためである〉（『坂の上の雲』）

清国兵士の士気は低く、指揮系統も乱れていた。一方、日本軍は開戦に備え、明治十年代後半から清国内に潜入して諜報活動を続けるなど、入念な準備を怠らなかった。

〈要するに日清戦争は、老朽しきった秩序（清国）と、新生したばかりの秩序（日本）とのあいだにおこなわれた大規模な実験というような性格をもっていた〉

一方的な勝利に国民は熱狂した。翌年四月には「下関講和条約」が結ばれている。朝鮮の独立を認めさせ、台湾などの割譲、賠償金二億両《テール》（約三億一千万円）を得ている。

全権は伊藤博文（一八四一～一九〇九）だった。国際協調を重んずる政治家で、ぎりぎりまで開戦を避けようとしたという。

〈首相の伊藤博文も陸軍大臣の大山巖もあれほどおそれ、その勃発をふせごうとしてきた日清戦争を、参謀本部の川上操六が火をつけ、しかも手ぎわよく勝ってしまったところに明治憲法のふしぎさがある〉

伊藤は維新の大物たちが亡くなったあと、長く政治の表舞台に立ち続けた。初代を含め四回首相となっている。一九〇九年に中国のハルビン駅で暗殺され、激動の生涯を終えた。

二〇〇九年は没後百年にあたる。故郷の山口県光市（旧・束荷《つかり》村）では十一月に「没後百年記念大会」が開かれ、約九百人が集まった。基調講演をしたのが京都大学教授の伊藤之雄《ゆきお》さん。同じ伊藤でも子孫ではない。〇九年に、六百ページにおよぶ著作『伊藤博文』（講談社）を完成させている。

「伊藤博文は幕末から明治まで常に政治の中心にいました。時期があまりに長すぎ、これまで学問的な伝記がなかったんですよ」

と、にこやかに語る。

二十年もかけた労作で、思いは深い。愛犬の名前は「俊輔」。博文の幼名からつけた。

「散歩で名前を聞かれて答えると、『中村俊輔ですね』といわれます。面倒くさいので説明はしません。ヤンチャで人懐っこい犬で、博文に似ていると思ったんです」

人懐っこいといえば、伊藤博文は師匠の松陰から「周旋家《しゅうせんか》」と評された。「周旋」は売買や交渉で仲立ちをする意味で、本人もこの表現を喜んではいなかったようだが、真意は違うという。

「松陰は、初対面の人ともすぐ打ち解けて仲良くなれる長所を見抜いて『周旋家』とし、政治家の資質を評価した。政治屋といったイメージに使うのは間違っています。しかし、私は博文には、木戸孝允《たかよし》（桂小五郎）が評した『剛凌強直《ごうりょうきょうちょく》』という言葉がぴったりだと思いますね」

強く厳しく正直という意味で、著書にも書いている。

〈伊藤は、第二次内閣を組織する一八九二年八月以降、五〇歳くらいの時から、それまで以上に円熟味のある政治行動をとるようになる。しかし、初代韓国統監として苦労の多い仕事を引き受け、寿命を縮めたように、その根底に「剛凌強直」さを、生涯残していた〉（『伊藤博文』）

『坂の上の雲』でも、剛凌強直ぶりを発揮している。日清戦争では、参謀本部次長の川上操六と議論する場面が描かれている。派遣する兵の数を「もっと少なくするのだ」という伊藤博文に対し、川上は反論する。

〈「出兵するかどうかについては閣議がそれをきめますし、閣下ご自身それを裁断なさいました。しかし出兵ときまったあとは参謀総長の責任であります。出兵の兵数は、われわれにおまかせください」

「憲法だな」

伊藤はにがい顔でいった。かれ自身がそれをつくった以上、なんともいえない〉

伊藤博文が中心になってつくった明治憲法には、陸海軍を統率するのは元首の天皇だと規定されている。

これが統帥権で、首相はその権限を持たない。さらに参謀本部は天皇に直属し、作戦を直接に上奏することができた。帷幄上奏権《いあくじょうそう》で、作戦は首相の権限外ということになる。だから川上が「おまかせください」ということになるが、この時代は運用がまだ常識的に行われていた。シビリアンコントロールの範囲内にあったのだろう。明治天皇の信任の厚い博文が、憲法の番人として目を光らせていたことも大きかった。

参謀本部が統帥権の解釈をねじまげ、暴走するのは昭和になってからで、司馬さんも書いている。

〈川上は維新創業の元勲として伊藤を尊敬していたし、それに川上自身、昭和期の軍人のようにこの国の政治を壟断《ろうだん》してしまおうという野心はまったくなかった〉

この日清戦争時の博文について、伊藤教授はいう。

「博文はリアリストです。戦争を避けて朝鮮改革をするのが最も良いとみた。それが無理なら、清国には勝てると考え、しかも列強がある程度までは文句をつけてこないと考えて、開戦を許したのだと思います。国際バランス上、許容できる戦争と考えたのでしょう」

統帥権についてはどうだろうか。

「博文が憲法を制定したころは、民権派が政権をとるかもしれない状況で、極端なことをした場合の保険として統帥権を入れました。この条項がまずいと感じたのは、日露戦争後でしょう。プロシア憲法を手本にしてつくった明治憲法ですが、日本の社会が成熟すれば修正したい条項はあった。その場合の博文の理想はイギリスの憲政だったでしょうね」

下関講和会議が行われたのは一八九五年三月二十日からで、調印まで一カ月ほどを要している。

山口県下関にある料理旅館「春帆楼《しゅんぱんろう》」が舞台となった。「ふぐ料理公認第一号」の料理旅館として有名で、下関市教育委員会文化財保護課の高月《たかつき》鈴世さんはいう。

「豊臣秀吉がふぐ禁止令を出し、明治二十年代になってようやく伊藤公が禁を解いたという話が地元には伝えられています」

隣には「日清講和記念館」があり、テーブルと椅子などで当時の会議場の雰囲気が再現されている。

「伊藤公がここで講和会議を開いたのは、関門海峡を見下ろす眺望の春帆楼で、海上を行き交う軍艦を見せて威圧する目的があったようです。その一方で、なごやかに会議を進めたいという意図もあったと思いますね」

第二次世界大戦の空襲で一帯は焼け野原となり、木造の春帆楼は焼失した。しかし、一九三七（昭和十二）年に建てていた記念館のおかげで、椅子や蒔絵《まきえ》硯箱《すずりばこ》、インク壺などが残ったという。

伊藤博文と清国全権の李鴻章《りこうしょう》が座った二脚の椅子は背もたれの形から、

「だるま椅子」

と呼ばれ、豪華で大きい。

「三月でまだ寒かったのでしょう。フランス製のストーブもあります」

『下関市史』によれば、清国の全権大使、李鴻章が船でおとずれたときは、海岸が鈴なりの見物人で埋まり、民衆は李鴻章らをののしったという。ところが四日後、群衆のなかから突然現れた男が李鴻章を銃撃する事件が起きた。戦勝のうかれた雰囲気は一変し、街から人影はまったくなくなったという。

幸いに李鴻章は回復し、伊藤をほっとさせている。それからは厳重な警護がつくようになり、宿舎から春帆楼までの山道はきびしくガードされた。いつしか山道は「李鴻章道」と呼ばれるようになり、いまも残っている。戦争に負けるわ、銃で撃たれるわ、李鴻章はさぞかし不愉快な気分でこの道を歩いただろう。

子規の従軍

明治二十七（一八九四）年の日清戦争のころ、正岡子規の体調は小康を保っていた。二十二歳で結核を宣告されてからすでに五年がすぎている。新聞「日本」の記者として俳句論、エッセーを書き、ときに政治記事まで書いた。しかし鬱々としていた。

〈子規の根岸の里にも、たたかいのあら風はおしよせている〉（『坂の上の雲』）

最初は敵兵が東京にきたらどこへ逃げようか、書物はどこに隠そうかと心配した。しかし連戦連勝の報を聞き、「勇気凜々《りんりん》として来る」（「我が病」）と、書いている。同僚記者たちも従軍し、華やかな従軍ルポを送ってくるようになる。すると、自分の文芸欄がなんだか精彩を欠いているように思えてきた。そして、幼なじみも気になっている。

〈淳さんが軍艦を乗りまわしている。淳さんの兄さんは満州の凍土を踏んで旅順《りょじゅん》を攻めている〉

これがかれの羨望《せんぼう》を、どちらかといえばにがにがしくかきたてたにちがいない〉

兄好古は騎兵第一大隊長として旅順要塞《ようさい》の攻撃に加わった。要塞攻撃の緻密なレポートをあげる一方、銃弾が乱れ飛ぶなか、馬上で水筒のシナ酒をラッパ飲みしながら奮戦した。

幼なじみの淳さん（真之）は海軍少尉で、巡洋艦筑紫に乗り組んでいた。小さな艦で決戦兵力からは外されたが、のちの連合艦隊参謀の片鱗もみせた。兵力の集散について首脳部を批判、同僚に手紙を書いた。

「わが指揮官はいかなる目算があってこのような愚を演じているのか。あるいは目算がなく、なすべきことをなさずにいるのか」

筑紫は威海衛《いかいえい》の海戦に参加中、砲撃を受けて下士官ら三人が死亡、数人が負傷した。血だらけになった甲板に真之は戦慄《せんりつ》する。

〈人の死からうける衝撃が人一倍深刻であるという自分を知ったのもあのときからであった〉

と、苦い初陣となった。

もっとも子規は戦地の悲惨さなどは知らない。とにかく従軍したいと願ったが、社長の陸羯南《くがかつなん》は最初、

「からだのことがあるでしょう」

と、にべもなかった。

しかし子規は少年のようにねだり続け、従軍記者の不足もあり、羯南は根負けしてし

まう。喜びをまっさきに伝えたのは、母の八重だった。手放しで喜ぶ子規を見て、

「ノボ、これでご本望なこと」

といった。笑顔を見せつつ、戦場での過酷さを予感する八重だった。

なぜ子規は、それほど従軍を望んだのか。恵泉女学園大学教授の佐谷眞木人《さやまきと》さんは話す。

「当時は、戦場に立つこと自体がひとつのステータスでした。とくに子規たちは明治維新の前後に生まれ、開国すべきだという教育を受けて育った新しい世代です。日清戦争にいちばん熱狂的になったのが、この二十代から三十代前半の若者でした」

司馬さんも書いている。

〈維新成立後二十七年もたち、維新後の国民教育のなかから育った者が、壮丁《そうてい》の年齢をこえた。それらが戦場におくられている。しかも勝利をつづけている。この国民的昂奮《こうふん》が、はじめて日本人に国家と国民というものがどういうものであるかを一挙に実物教育してしまった〉

佐谷さんの著書『日清戦争』には、「『国民』の誕生」というサブタイトルがつけられている。

たしかに「国民」は熱狂した。明治二十七年十二月には、東京の上野公園で「東京市大祝捷《しゅくしょう》大会」が開かれ、約五万人が集まった。不忍池《しのばずのいけ》に全長約四十メートル、幅約十

五メートルの模造の軍艦「定遠」を浮かべ、それを水雷艇が爆破するアトラクションもあったという。

「ワールドカップなどよりも凄まじい熱狂だったと思います。明るいが、あくまで戦争なので『健全』ではない。狂騒状態でしょうね」

熱狂をもたらしたのは、子規があこがれた従軍記者だった。全国六十六社から百二十九名が従軍したという。

顔ぶれも多彩で、作家の国木田独歩、画家の黒田清輝に中村不折、記者ではないが「国民新聞」社主の徳富蘇峰、「オッペケペー節」の川上音二郎などが海を渡っている。軍医として従軍した森鷗外の姿もあった。

「庶民に人気があった記事は、やっぱり美談です」

日清戦争の美談といえば、「名誉のラッパ手」がある。進軍ラッパを吹きつつ銃弾に倒れた。しかし、

「シンデモ　ラツパ　ヲ

クチ　カラ　ハナシマセン

デシタ」

というエピソードが尋常小学校の教科書に載った。そのため、戦前の教育を受けた人でラッパ手、木口小平の名を知らない人はいない。

もっとも最初は「東京日日新聞」の特ダネで、一年後に「読売新聞」が報道した。岡山県人白神源次郎の名前は広く知られたが、一年後に「読売新聞」が抜き返す。

「ラッパ手は白神ではなく、じつは木口小平だった」

と伝えた。やはり岡山県人で、以後は両説がしばらく競り合っていたという。しかし木口小平説がしだいに優勢になっていく。

「結局、どちらが本物だったかはわかっていません。しかし両方とも故郷に碑が今でも残っている。結局、スクープ合戦で生まれた虚像が神話として定着したことになります」

子規もスクープを夢見ただろうか。明治二十八年三月に東京を発《た》った。広島へ、さらに清国へと向かう。

〈あらたにあつらえたセルの背広を着ており、旧藩主の久松伯爵家からもらった刀をもち、壮士のようなかっこうをしていた〉

広島の宇品《うじな》港を出発したのは四月十日。五日後に遼東《りょうとう》半島の柳樹屯《りゅうじゅとん》に着き、金州城、旅順と計三十三日間滞在している。

〈子規の従軍は、結局はこどものあそびのようなものにおわった〉

運もなかったのだろう。

日本を発ったときはすでに下関に清国全権の李鴻章が来ていた。三月三十日から休戦に入り、四月十七日に講和が成立。子規は書いている。

「講和成り萬事休す」

活躍の場を失った嘆きが伝わる。

子規は帰国から約一年後、「従軍紀事」を書き、従軍した近衛師団を徹底的に批判している。

戦争なので「食と住」は当然ながらひどかった。食べ物は飯に梅干し、高野豆腐など。炊事場へ取りに行くのが遅れただけで、お湯すらもらえない。寝るのも毛布があればいいほうで、コーリャンの藁《わら》を敷いて土間に寝ることもあった。なにより怒ったのは、

「新聞記者は泥棒と思え」

といわれたことだった。

「彼等は新聞記者を以て犬猫同様に思ふが故に此侮辱の語を吐きたるものならん」（「従軍紀事」）

のちの日露戦争のとき、最初は優勢だった日本軍だが、海外ではその活躍が報道されなかった。従軍記者を冷遇したからで、あわてて広報態勢を敷いたという。不平不満を言っているだけのような子規だが、やはり日本軍のポイントはついていたようだ。

大連港から帰途に就くのは五月十四日。やっと座れる高さの船室で新聞記者が十一人頭を並べて寝ていると、

「鱶《ふか》がいるぞ」

という声が聞こえた。好奇心の強い子規は、甲板への階段を上った。

〈甲板に出ると同時に気管にからむ感じがあり、痰《たん》だとおもって手すりまでゆき、海へ吐いた。

落ちて行ったものは、痰ではない。血であった〉

すぐに船室に降りて横になるが、夜になっても喀血《かっけつ》は止まらなかった。数日後に神戸港に着いたときには全身蒼白で、刀を杖にして歩くたびに血を吐き、最後は座り込んだ。そのとき運よく通りかかった同行の記者が神戸病院まで運んでくれ、命だけはつなぎとめている。

〈(むりだったのだ)

と、さすがに従軍を後悔した。このからだになりはてた以上、あと二、三年しか生きられないだろうとおもった〉

国民の熱狂のさなか、子規は死をみつめていた。

漱石の友情

日清戦争の従軍記者となった子規だが、帰国の船で喀血《かっけつ》し、瀕死の状態で神戸病院に担ぎ込まれる。明治二十八（一八九五）年五月下旬だった。

〈喀血はつづいた。

そのあと、何日もつづいた。

（死ぬのではないか）

とおもった〉（『坂の上の雲』）

母の八重、新聞「日本」の陸羯南《くがかつなん》社長らに急報が届く。後輩の高浜虚子がまず駆けつけた。仙台の第二高等学校（現・東北大）を辞め、京都の友人宅にいたので、すぐに病院に行くことができた。静まり返った病室で、子規は入り口に背を向けるように臥《ふ》せている。眠っているのだろうと足音を忍ばせて近づくと、子規が手招きをしてささやく。

「血を喀《は》くから物をいうてはならんのじゃ。うごいてもいかんのじゃ」

その直後、コップ半分ほどの血を喀いた。一日に数回喀血するという。病室に血のにおいがひろがる。子規は透きとおるような白い顔になっていたと、虚子はのちに書いている。

瀕死の状態はしばらく続いた。

やはり後輩の河東碧梧桐《かわひがしへきごとう》も母の八重を連れてやってきた。近くに下宿を借りて看病をしてくれたおかげもあり、少しずつ回復していく。当初は食事も摂《と》れず、栄養浣腸が命綱だったが、努力して口から食べようとしたことが大きい。

〈子規のからだは、しんのたしかなところがあるらしい〉

こんな状態でもさすがに食いしん坊ぶりは健在で、

「西洋いちごを食ふて見たし」

と、いったことが回復の兆しだったようだ。十日間、虚子や碧梧桐は毎朝夜明け前に病院の裏山へイチゴを買いに行く。子規は喜んで毎日五十から六十個も食べたという。

約二カ月で喀血もおさまり、七月には退院した。須磨でしばらく療養をしたあと、八月二十日に故郷の松山へ向かっている。東京に戻る前に英気を養うためだった。

もっとも八重も妹の律も東京に引っ越したため、実家はすでに売り払っていてない。子規はここで友人の下宿を頼っている。

ちょうど第一高等中学校からの友人、夏目金之助（漱石）が、四月から松山中学の英語教師になっていた。以後、漱石と子規は約五十日間、共同生活をすることになる。

下宿は大家の離れの二階屋で、四間があった。漱石は俳句雑誌「ホトトギス——子規居士七回忌号」（明治四十一年九月）のインタビューを受け、思い出を語っている。

「僕は二階に居る、大将（子規）は下に居る」

子規は下宿に「愚陀仏庵《ぐだぶつあん》」と名づけた。漱石の俳号からとったもので、

〈愚陀仏は主人の名なり冬籠《ふゆごもり》〉

と、漱石は詠んでいる。

もっとも漱石の大家は、

「正岡さんは肺病だそうだから伝染するといけないからおよしなさい」

といったそうだ。しかし二人のつきあいは古くて深い。漱石にとって、健康よりも友情が大事だった。松山にほとんど友達のいない漱石に対し、子規のほうは来客が絶えなかった。

「お頼みィ」

と、毎日五、六人、多いときだと十人ぐらいがやってくる。

「其うち松山中の俳句を遣る門下生が集まつて来る、僕が学校から帰って見ると毎日のように大勢来ている」

松山には誕生したばかりの俳句グループ「松風会《しょうふう》」があった。俳句界の若きスター、子規の帰郷を待ち望んでいたようだ。

子規は新聞「日本」を舞台に俳句の記事や論文を発表している。芭蕉の偉大さは認めつつ、蕉風一辺倒の俳句界を批判、当時はほとんど無名の与謝蕪村を〝発掘〟した。「写生」の重要性を訴えたのもこのころで、司馬さんは書いている。

〈俳句は詠みあげられたときに決定的に情景が出て来ねばならず、つまり絵画的でなければならず、さらにいうならば「写生」でなければならない、と子規はいう〉

自然などをありのままに写実することを主張、俳句界に新風を吹き込んでいたさなかにあった。

もっとも松風会のメンバーたちは、顔なじみの「ノボ（升）さん」が中央で活躍しているのがうれしかったのだろう。どやどや集まってきては句会をはじめる。できあがった句を子規が添削する。にぎやかな討論がつづく。二階の漱石はどうにも我慢ができなくなってきた。

「僕は本を読むことも如何することも出来ん（略）、兎《と》に角《かく》自分の時間というものがないのだから止むを得ず俳句を作った」

実際は違うようだ。『柿喰ふ子規の俳句作法』などの著書のある坪内稔典さんはいう。

「うるさくて仕方なく俳句をはじめたと思っている人も多いようですが、漱石は自分から子規に『俳門に入りたい、ご指導願いたい』と手紙に書いています」

子規が神戸で入院していたころの手紙で、

「大兄の生国を悪く云ては済まず失敬々々」

といいつつも、松山のような田舎では結婚や放蕩、読書のどれかをしなければ辛抱できないと〝毒舌〟を吐いている。ユーモアたっぷりで、苦しい時期の子規を励ましたかったのだろう。漱石は本当に子規が好きだった。坪内さんはいう。

「子規の故郷ということがなければ松山中学には行っていなかったでしょうね」

漱石がはじめて松山をおとずれたのは、帝国大学時代の明治二十五年。正岡家に遊びにきたときの漱石を虚子がみていた。

「漱石氏は洋服の膝を正しく折って正座して、松山鮓《ずし》の皿を取上げて一粒もこぼさぬように行儀正しくそれを食べるのであった。そうして子規居士はと見ると、和服姿にあぐらをかいてぞんざいな様子で箸をとるのであった」（高浜虚子「漱石氏と私」）

八重の手作りの松山鮓は鯵《あじ》や蓮根《れんこん》、莢豆《さやまめ》が入ったチラシ寿司。漱石は大喜びで食べた。幼少期に温かい家庭に恵まれなかった漱石にすれば、正岡家のアットホームな雰囲気もうれしかったようだ。

さて、松山中学時代の漱石はそれほど忙しくはなかったらしい。朝の八時に出勤し、だいたい午後二時には帰宅していた。時間はたっぷりある。漱石は子規を観察している。

「大将は昼になると蒲焼きを取り寄せて御承知の通りぴちや〳〵と音をさせて食ふ。其れも相談も無く自分で勝手に命じて勝手に食ふ」

もちろん漱石のおごりだった。

お金には細かい漱石だったが、子規のことは大目にみていた。

だいいち漱石の月給は八十円と、松山中学の校長の六十円より多く、余裕もあった。

なにかと金が必要な子規を助けていたようだ。

二人は「吟行」も楽しんでいる。

子規は散歩をしたり、小旅行をしながら句をつくるのが好きだった。

「其家の向こうに笹藪《ささやぶ》がある。あれを句にするのだえゝかとか何とかいふ。こちらは何ともいはぬに向こうで極《き》めてゐる。まあ子分のように扱ふのだなあ」

と、漱石は語っている。

九月二十三日の吟行で、季節はすでに秋になっている。

〈肌寒や思ひ思ひに羅漢座《ざ》す〉

〈藪影や魚も動かず秋の水〉

〈一里行けば一里吹くなり稲の風〉

このとき三十句以上も詠んでいるが、子規に二重丸をもらった句もあれば、無印もある。坪内さんはいう。

「漱石が俳句をつくったのは子規という仲間がいた期間だけで、子規とのやりとりを楽しみにしていたんです。評価してくれるのも、けなされるのも楽しみでした。徹底的に批評されると、『いいのは少しほめろ』と。俳句に熱中したことが、漱石の文学活動の原点になったと思います」

漱石の生涯俳句は約二千五百句。明治二十九年をピークに減りつづけ、イギリス留学前の明治三十三年には十句しかつくっていない。

〈子規は俳句革新の自信を深め、漱石は俳句を作る楽しさを通して表現者となった。子規も漱石も、愚陀仏庵において、彼らの未来を確実に開いたと言ってよい。そしてその未来は、近代の日本文学の未来でもあった〉

と、坪内さんは『柿喰ふ子規の俳句作法』にまとめている。

子規に残された時間は少ない。

四日間鼻血が出ても、訪ねてきた友人たちの指導をした。

〈このあるいは薄命におわるかもしれぬ若者は、自分の生涯の課題を、身に痛いほどに知っていたし、それをもって余生を生きようとしていた〉

明治二十八年の秋も深まり、漱石との日々にも終わりが近づいていた。

山本権兵衛と東郷平八郎

神奈川県横須賀市の三笠公園に、記念艦「三笠」がある。日露戦争時の連合艦隊の旗艦で、バルチック艦隊を打ち破った主役となった。

いまはもちろん現役ではなく、保存するためにコンクリートで横須賀港に固定されている。三十センチ主砲、司令長官の東郷平八郎（一八四八〜一九三四）や参謀の秋山真之らがいた艦橋などが人気で、最近はとくに入場者数が多い。

二〇〇八年度の有料入場者が約十万五千人、〇九年度は十三万人を超えそうだという。展示を見ると、旅順口《りょじゅんこう》閉塞作戦、黄海海戦、日本海海戦と、連合艦隊の航跡がよくわかる。三笠保存会常務理事の小山力《おやまちから》さんは最近、熱心に見学していた若い商社マンに会った。

「東大出の人ですが、イギリスで商談をしているとき、日露戦争の話になったそうです。相手が日本海海戦や広瀬武夫中佐の話などをよく知っていて、ところが彼は全然話がわからない。お前は本当に日本のいちばん有名な東大を卒業したのかと、商談がこじれてしまった。それで勉強しに来ましたといってました」

東郷平八郎と東条英機を間違える人もいれば、艦橋での海軍幹部の集合写真を見て、児玉源太郎（陸軍）はどこにいるのかと聞く人もいる。ある放送局の若い記者からは、

「どうして『坂の上の雲』の撮影を三笠でするんですか」

という質問まで受けた。さすがに苦笑したという。

「むしろ外国の方のほうが知っていますね。フィンランドの海軍のお偉方は必ず来ます。三笠の保存にはアメリカ海軍のニミッツ提督の尽力が大きいですが、〇九年八月に入港した空母ニミッツの乗組員たちは三笠の両舷をペイントしてくれました。右舷六十名、左舷六十名で、朝の八時半ぐらいから昼過ぎまで。疲れた兵を慰める軍楽隊まで来たんですよ」

三笠保存会の古宇田《こうた》和夫さんにも会った。父方の祖父は陸軍で日露戦争で戦死している。上智大学を卒業後に海上自衛隊に進んだ。

「小山理事も潜水艦で、私も潜水艦。三笠保存会にはなぜか潜水艦乗りが多いんです」

英語が堪能で、ハワイに二年間連絡将校として勤務した経歴をもつ。アメリカのテレビ「ヒストリーチャンネル」に頼まれ、東郷役で出演したこともある。絶対にアップにしないという条件で撮影させたという。

「東郷さんへの関心はアメリカでも高いですよ。韓国での関心も高い。東郷さんは李舜

臣を尊敬していました。豊臣秀吉の朝鮮出兵を防いだ水軍の英雄ですね。それが韓国ではよく伝わっています」

しかし古宇田さんは忘れてほしくない人物がいるという。

「私は海上自衛隊の後輩たちには必ず話すことがあります。『東郷さんは偉い。東郷さんが偉いことを否定するものは誰もいない。しかし、われわれ海軍の後継者としては、権兵衛さんも忘れちゃダメだ』と。山本権兵衛の日清・日露での戦い方は、何をやったら勝つのか、何をしたら負けないのか、ぎりぎりまで考え抜いていた。勝つための人事を行い、艦隊を作りあげた。山本権兵衛（一八五二〜一九三三）が生きていたら、大東亜戦争はさせていなかっただろうとね」

『坂の上の雲』のなかで、司馬さんは山本権兵衛を「海軍を設計した男」として登場させている。

薩摩の出身で薩英戦争を経験し、戊辰戦争に従軍している。

西郷隆盛のすすめもあり、海軍兵学寮（海軍兵学校の前身）にすすむ。ドイツ留学を経験し、高千穂などの艦長をつとめ、明治二十四（一八九一）年に海軍省官房主事となる。二年後に西郷従道《つぐみち》が海軍大臣となり、プロ野球でいえば権兵衛が監督で、従道がオーナー。まだ四十代の若き監督は、大リストラを敢行する。

〈日清戦争の前、権兵衛がやった最大のしごとは、海軍省の老朽、無能幹部の大量首切

りだった〉

実に九十人以上の将官、佐官に辞令を出している。権兵衛にとって故郷の先輩も多かったが、ひるまず敢行し、従道もサポートしている。

このとき、リストラされても不思議がなかったのが東郷平八郎だった。そう若くはなく、病気がちでもある。しかしリストからはずされて日清戦争に参加している。権兵衛も従道も、東郷をよく知っていた。

〈権兵衛は、東郷とは多少接触が深く、かれがもっている将領としてのなにかを早くから見ぬいていたふしがある〉

東郷は権兵衛よりも五歳年上で、ふたりともいまの鹿児島市加治屋町《かじや》に生まれた。加治屋町は鹿児島市の繁華街、天文館から約一キロ。甲突川《こうつきがわ》がすぐそばを流れる一角で、ここから明治維新や日清・日露で活躍したスターたちが生まれ育っている。

満州軍総司令官の大山巌《いわお》もいれば、やはり陸軍の第一軍を率いた黒木為楨《ためもと》もいる。なにより、甲突川にかかる高麗橋の近くには、西郷隆盛・従道兄弟の誕生地がある。加治屋町にある鹿児島市「維新ふるさと館」の館長、福田賢治さんはいう。

「どうして加治屋町から多くの人が輩出したのかとよく聞かれます。やっぱり西郷さんがいたからじゃないでしょうか。西郷さんは開明的な君主、島津斉彬《なりあきら》公の薫陶を受けた、情報通のリーダーでした」

薩摩では侍の子弟の教育法として「郷中《ごじゅう》」があった。

ある一定の年齢になると、地域の子どもたちが集団で暮らし、勉強も遊びもともにする。

西郷隆盛は下加治屋郷中のリーダーを長くつとめた。この郷中で弟の従道はもちろん、いとこの大山巌、東郷平八郎も育ったことになる。

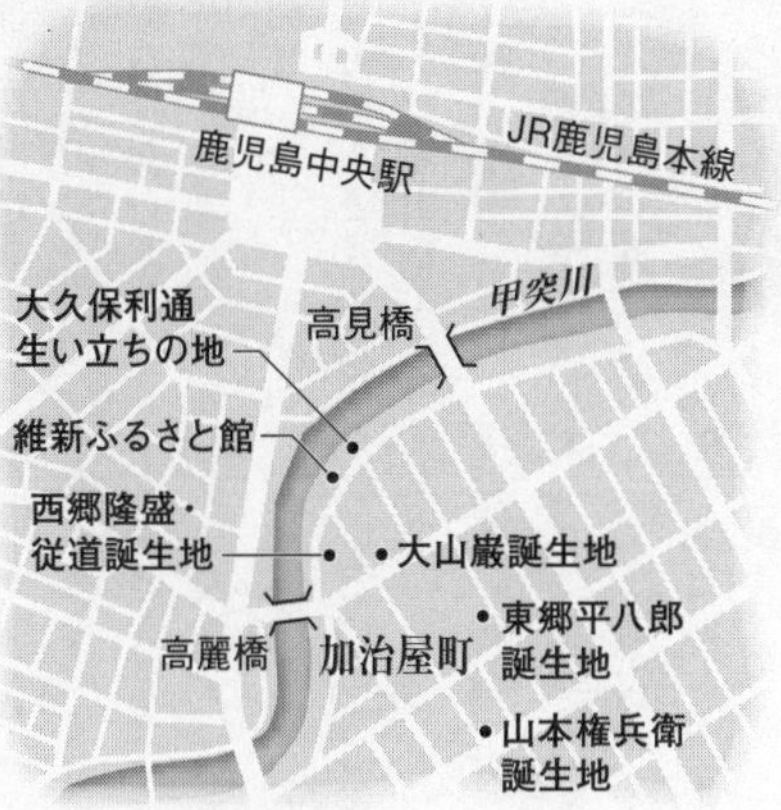

英雄たちの誕生地

「東郷さんはとくに薫陶を受けているでしょうね。お父さんから吉之助（隆盛）のようになれと育てられ、西郷さんの弟の小兵衛が幼なじみでした。東郷さんの二人の兄は西南戦争に従軍し、一人は負傷し、一人は城山の西郷さんの最後の突撃に加わって亡くなっている。イギリスに留学していなければ、東郷さんも西南戦争に加わったかもしれません」

　甲突川を少しさかのぼると高見橋があるが、このほとりには大久保利通の銅像がある。大久保利通が育ったのもやはり加治屋町になる。

「この町は本当にリーダーにめぐまれました。西郷さんが島流しになったあとは、大久保さんが台頭してリーダーとなります。沈着冷静、決断実行の人で、情におぼれない。内務省には薩摩人をあまり入れなかったようです。薩摩人に緻密な仕事は向かないと考えていたようですね。まあ、たしかに薩摩ではあまり理屈っぽい人は好まれません。やはり西郷さんのほうがいいということになる」

と、福田さんは微笑んでいた。

『翔ぶが如く』に、権兵衛の西郷、大久保評がある。海軍兵学寮の生徒時代は娯楽がなく、郷里の先輩を訪ねるのを楽しみにしていたという。西郷はいつも快く迎えてくれ、なんでも質問せよといってくれた。

「接していてあたかも春風に触れるがような長閑《のどか》な気持になる」

と権兵衛は思ったという。

ところが大久保は見るだけで怖かったようだ。権兵衛たちはいいたいこともいえず、

「小さくなって帰るのが常であった」

東郷もまた大久保の威厳に打たれたことがある。

近頃、国（薩摩）でおもしろそうな者がいるかと、大久保が聞いたところ、東郷の名前が挙がった。大久保はいった。

「ああしゃべっちゃね」

ＮＨＫドラマでは渡哲也が演じる東郷は、後年無口で有名だった。似つかわしくないエピソードだが、司馬さんは『「明治」という国家』（ＮＨＫブックス）に書いている。

〈これが回り回って東郷さんの耳に入ったと思うんです。東郷さんがしゃべらなくなったのは、それからじゃないかと思うんですけどね〉

こうして西郷、大久保の影響を受けつつ、権兵衛、東郷は海軍を背負っていくことになる。

日清戦争に勝利した権兵衛は大規模な海軍拡張計画を遂行していく。

主力艦三笠を英国に発注したのは明治三十一年で、海軍予算は使い果たしていた。内務大臣の従道は、予算を流用しても買わなければならないと決断する。予算流用は違憲だが、構わないと、海軍大臣の権兵衛にいう。

「しかしもし議会に追及されて許してくれなんだら、ああたと私とふたり二重橋の前まで出かけて行って腹を切りましょう。二人が死んで主力艦ができればそれで結構です」

従道もまた、西郷、大久保の弟子の一人だった。

熊本の漱石

一階は子規が占領し、二階には漱石がいる。松山市二番町の夏目漱石の下宿「愚陀仏《ぐだぶつ》庵《あん》」は、日本文学史上に輝く下宿だったが、二人の同居期間は短かった。明治二十八（一八九五）年八月末から十月半ばすぎまでの約二カ月に過ぎない。

居候のくせに、子規には来客が絶えなかった。司馬さんはその一人として、秋山真之を登場させている。

日清戦争に従軍、凱旋《がいせん》したあとに休暇をもらった。故郷の松山に帰省し、幼なじみの子規をたずねている。子規の病気が心配だったようだ。

しかし再会して妙な話になる。会ってすぐに、子規は真之にいった。

「夏目も居るんだぜ」

勤めている松山中学からもうすぐ帰ってくる、あいつも喜ぶよというと、真之はそっけなかった。

「夏目はそんなことをよろこぶ男かね」

海軍軍人となったが、かつての志は文学にあった。夏目のような大学予備門時代の古なじみに会うと、その時代を思い出してしまう。

「あしは心のその部屋に錠をおろしている。夏目に会うと、いやおうなくその錠をはずさねばならない」

司馬さんは真之を、青春の痛みが忘れられない人間として描いている。才能はあるが、意外な弱さを持つ、矛盾をはらんだ人間として、読者へ提示していく。

真之が帰り、漱石が下宿に戻ってきた。秋山が来たよといっても、漱石はすぐにわからず、やがて、

「ああ、思いだした。君がよく話していた文章上手のことかね」

こちらも負けずにそっけない。子規にとって二人は大事な友達だったが、どうやらそれほど互いを重視してはいなかったようだ。

子規が愚陀仏庵を去って東京へ帰る日がやってきた。送別の句会が開かれ、漱石は詠んでいる。

〈お立ちやるかお立ちやれ新酒菊の花〉

松山弁で子規の出発を祝った漱石に、子規も句を残した。

〈行く我にとゞまる汝に秋二つ〉

漱石はさびしかったようだ。東京は懐かしいし、子規が去ってしまうと松山に友人は

あまりいなかった。

そのため漱石はせっせと子規に手紙を書いた。手紙には必ず俳句が寄せられ、それも一回の手紙につき三十二句、四十六句、四十七句とまとめて送ってくる。漱石が俳句を送り、子規が添削して返すというスタイルができた。

『俳人漱石』（坪内稔典著、岩波新書）では、この時期の二人の交流について、「二人句会」と表現している。二人句会は頻繁で、常に盛会だった。

明治二十八年暮れに、漱石は待ちかねたように帰省し、新年一月三日の子規庵（東京・根岸）での句会に参加している。メンバーは高浜虚子、河東碧梧桐《かわひがしへきごとう》、内藤鳴雪《めいせつ》、そして森鷗外もいた。明治の二大文豪が子規の指導を受けていたことになる。句会での漱石は絶好調で、

〈半鐘《はんしょう》とならんで高き冬木哉《かな》〉

〈干網《ほしあみ》に立つ陽炎《かげろう》の腥《なまぐさ》き〉

といった句が評判をとっている。

東京ではもうひとついいことがあった。句会の少し前に見合いをして、婚約した。正月にはフィアンセの家に行き、歌留多《かるた》遊びをしている。すました顔の漱石だったが、かなりうれしかったようだ。

漱石の転機はつづく。

松山を去って、熊本に赴任することになった。四月に旧制第五高等学校（現・熊本大学）の英語教師として迎えられる。

六月には結婚した。東京から鏡子夫人がやってきて、新しい生活がはじまる。子規から祝福の句が届く。

〈蓁々《しんしん》たる桃の若葉や君娶《めと》る〉

漱石は数えで三十歳、鏡子夫人は二十歳だった。桃のように瑞々《みずみず》しい奥さんをもらったねと、祝福している。

『漱石の思い出』（夏目鏡子述、松岡譲筆録、文春文庫）によると、漱石もそれなりに新婚生活を楽しんでいる。

鏡子夫人が脱いだ着物をふざけて羽織り、裾《すそ》の端をとって家の中を歩くこともあった。世間知らずの鏡子夫人をからかって、

「おまえはオタンチンノパレオラガスだよ」

などという。そういった横文字があるのかと鏡子夫人は漱石の友人をつかまえては意味を聞いたが、だれも笑って答えなかったそうだ。

漱石が教鞭《きょうべん》をとった建物は「五高記念館」となり、熊本大学のキャンパス内にほぼ当時のまま残っている。例年八千人ほどが訪れるという。

「階段もすり減っていますが、昔のままです。五高の卒業生が来ると、壁を指して『こ

のへんに赤点が貼り出されてね』と懐かしがったりしますね」

と、漱石の研究者、熊本近代文学研究会の村田由美さんはいう。

記念館には二匹の看板猫がいる。黒猫が「三四郎」、白黒のぶちが「八雲」。五高には、漱石の少し前、『怪談』で有名なラフカディオ・ハーン（小泉八雲）がつとめていた。漱石の小説『三四郎』は上京した五高出身の青年が主人公になっている。猫の三四郎と八雲が共存していて、めでたい。

「漱石は熊本での生活を気に入っていたと思いますね。松山については『お湯はいいが、人は感心しない』とまでいいますが、熊本の学生は教師を敬っていて気持ちがいいという。『坊っちゃん』の世界とはずいぶん違うと思ったようです。漱石を慕って熊本まできた松山中学の学生もいたんですけどね」

鏡子夫人との生活はときにピンチになることもあった。慣れない土地に暮らし、鏡子夫人がかなり体調を崩すこともあったようだ。

「そんなときに漱石は夜明けまで看病し、句をつくっています。有名なのは『枕辺や星別れんとする晨《あした》』ですね。新婚生活が最初から険悪なものだったとみる人がいますが、このころの漱石は、優しいご主人だったと思いますよ」

と、村田さんはいっていた。

もっとも漱石も若かった。

明治三十年の暮れには同僚と小天《おあま》温泉（玉名市）に旅行に出かけている。この体験が、小説『草枕』のベースになっている。

〈山路《やまみち》を登りながら、こう考えた。智に働けば角《かど》が立つ。情に棹《さお》させば流される。意地を通せば窮屈だ。兎角《とかく》に人の世は住みにくい〉

という書き出しは有名だが、この小説には魅力的なヒロインとして、温泉宿の娘の「那美」が登場する。

離婚して実家に戻っている女性で、主人公の画工を幻惑する。夜に一人で温泉に入っていると、那美さんらしき女性が現れる。湯煙が立ちこめ雲海のようになっているなか、〈朦朧《もうろう》と、黒きかとも思わるる程の髪を暈《ぼか》して、真白な姿が雲の底から次第に浮き上がって来る。その輪廓を見よ〉

と、主人公はのぼせている。

この温泉宿は現存しないが、建物はいまも保存されている。熊本から車で三十分ほどのところにあり、有明海がよくみえる。いまも別の温泉宿はちゃんとある。

漱石が泊まったのは熊本の名士だった前田案山子《かがし》の別邸。

案山子はかつて自由民権運動の闘士として知られた。「草枕交流館」館長で、元熊本大学教授の中村青史《せいし》さんはいう。

「前田案山子の次女の前田卓《つな》が那美さんのモデルですね。なかなか魅力的な人生を送っています」

恋多き女性であり、社会問題にも関心が深かった。案山子は中江兆民や孫文とも親交があり、卓の妹は宮崎滔天《とうてん》の妻となっている。滔天は孫文の辛亥革命を支援し、卓も東京に出て運動に参加したこともあった。

「卓さんには日本人離れしたところがあります。漱石はそうした部分にも惹かれたのではないでしょうか。後年、東京で二人は再会します。卓さんから革命の話を聞いた漱石は、『小説を書き直さなくてはなりませんね』と、いったそうです」

ところで、鏡子夫人も漱石が亡くなったあとに、小天温泉を訪ねている。『漱石の思い出』には、小天温泉や前田家の詳しい記述があり、

「この前田さんの姉さんが夏目を手玉に取ったような記事を、麗々しく掲げておりました。（略）ほんとうに御迷惑千万な、お気の毒のお話ですし」

と、当時の雑誌で伝えられたスキャンダルを否定している。

漱石は熊本に四年三カ月いた。

六回も引っ越し、五番目の家（内坪井町）がいまも保存され、記念館になっている。

当時は五高生で、のちの物理学者の寺田寅彦がしばしば訪ねている。いつも上等の和菓子が出されたという。漱石は黒の羽織で、鏡子夫人は黒ちりめんの紋付きを着て玄関に出ることもあった。

このころの寺田は漱石に俳句の手ほどきを受けていた。子規にも紹介してもらい、新聞「日本」にもたびたび投稿している。「夏目漱石先生の追憶」（岩波文庫『寺田寅彦随筆集　第三巻』所収）では、子規について触れている。

〈先生に聞くと、時には「いったい、子規という男はなんでも自分のほうがえらいと思っている、生意気なやつだよ」などと言って笑われることもあった。そう言いながら、互いに許し合いなつかしがり合っている心持ちがよくわかるように思われるのであった〉

漱石が熊本時代につくった句は約一千句にのぼる。送られてくる句と手紙は、病床の子規へのなによりの励ましだっただろう。

柿と東大寺

松山で漱石としばらく下宿生活をともにしたあと、子規は東京へ戻った。明治二十八（一八九五）年十月十九日に松山をたち、十月三十一日には東京の新橋に到着した。途中、神戸や大阪、そして奈良に立ち寄っている。

体調は万全ではなかったようだ。

神戸の須磨に行ったときに、急に左の腰骨あたりが痛みだし、歩けなくなっている。結核菌による脊椎《せきつい》カリエスが発症していた。肺の病巣から血液を通じて脊椎に転移、激しく痛み、神経を圧迫する。悲しい終わりの始まりだったが、このときはなんとか薬で抑えることができた。しばらく須磨で静養し、それから旅にもどっている。

子規は旅が好きだった。旅に出るたび、紀行文を残している。

十三歳のときに松山郊外へ一泊旅行した「遊岩谷行」、秋山真之らと江の島を目指した無銭旅行「弥次喜多」、「奥の細道」をたどって東北を旅した「はて知らずの記」などがある。

二十一歳の「水戸紀行」には、

「遠く遊びて未だ知らざるの山水を見るは未だ知らざるの書物を読むが如く面白く思ひ」

とある。

司馬さんは講談社版『子規全集』の監修者の一人で、刊行のときに大岡昇平さんらとの対談で、子規の紀行文について触れている。

〈吉田松陰の紀行文とか、やわらかい文章があるでしょう、九州旅行したときのものなんかですが、あれと子規の文体とが似ていますね〉

子規と松陰は共通点が多い。

平明な文章家で、人柄がピュアで、多くの弟子を育てた教育家でもあり、若くして亡くなった。さらに司馬さんは、

「節操に固い」

という点も共通点に挙げている。

三十歳で刑死した松陰も、三十四歳で病死した子規も、生涯独身だった。

二人ともあまり女性に縁がない。

もっとも松陰はどうやら本当に童貞だったようだが、子規はまるっきりの〝朴念仁〟というわけでもなさそうだ。「旅」という随筆には、ある温泉で雨に降られ、宿屋の庭

下駄を履いて廓《くるわ》に行った話がある。

「翌朝、宿へ帰ればこゝの小もの笑ふて、ゆうべ旦那の買はれしは、やつがれと同じ国の生れなりといふ。狭い処では一夜のうちに何も彼も知れぬは無し」

奈良の旅でも、魅力的な女性が登場する。この旅で詠んだ句といえば、〈柿くへば鐘が鳴るなり法隆寺〉に尽きるが、句が生まれた事情について、「くだもの」（明治三十四年）という随筆に書いている。

「柿などゝいふものは従来詩人にも歌よみにも見離されてをるもので、殊に奈良に柿を配合するといふ様な事は思ひもよらなかつた事である。余は此《この》新たらしい配合を見つけ出して非常に嬉しかつた」

いきさつは、さすがに食いしん坊の子規らしい。まず、奈良で泊まった旅館で、夕飯後に柿が食べたいと頼んでいる。直径四十五センチほどのドンブリ鉢に、山盛りの柿が来た。子規はその量だけでなく、女中さんの美しさにも目を奪われたようだ。

「柿をむいでゐる女のやゝうつむいてゐる顔にほれ〴〵と見とれてゐた。此女は年は十六七位で、色は雪の如く白くて、目鼻立まで申分のない様に出来てをる」

美しい女中さんの出身を聞くと、奈良で昔から有名な梅林がある月ケ瀬だという答えが返ってきた。

「梅の精霊でもあるまいか」

と、子規は書く。

「余はうつとりとしてゐるとボーンといふ釣鐘の音が一つ聞こえた」

どこの鐘かときくと、東大寺の大釣鐘だといい、障子を開けて見せてくれた。月が荒れた木立の上を淋しそうに照らしていた。

「更に向ふを指して、大仏のお堂の後ろのあそこの処へ来て夜は鹿が鳴きますからよく聞こえます、といふ事であつた」

と、随筆は結ばれている。

子規が泊まった旅館は、奈良の老舗旅館「對山樓《たいざんろう》」。フェノロサや岡倉天心といった明治の文化人が泊まり、宿帳には明治二十八年十月二十四日に子規の名前が残っている。

当時の高級な旅館でいまはない。

子規には贅沢な感じだが、おそらく漱石のおかげだろう。松山を去るとき、子規は漱石から十円借りている。松山中学の月給の八分の一にあたり、漱石は語っている。

「帰りに奈良へ寄つて其処《そこ》から手紙をよこして、恩借の金子《きんす》は当地に於て正に遣《つか》ひ果し候とか何とか書いてゐた。恐《おそら》く一晩で遣つてしまつたものであらう」（談話「正岡子規」）

旅館の跡地には、いまは日本料理店「天平倶楽部」があり、その庭園の一部は「子規の庭」と名づけられている。誰でも自由に入れるが、入り口には、「鹿侵入につき出入口は必ず扉を閉め、カギを掛けて」といった注意書きがある。やはり今も昔も鹿天国の奈良らしい。

年末に行くと冬枯れで、ススキが風に揺れていた。しかし、子規が見たという東大寺の瓦屋根はたしかに見えた。柿を食べて聞いた鐘は、法隆寺ではなくて東大寺のようだ。

「東大寺よりも法隆寺のほうが言葉の響きがたおやかなので子規は変えたのではないでしょうか」

というのは正岡明さん。

正岡明さんは造園業で樹木医。子規の顕彰と研究が目的の「正岡子規研究所」も主宰している。「子規の庭」の作庭も担当した。

「子規が泊まった對山樓の跡地に柿の古木があり、子規に縁のある私が奈良に住んでいて、樹木医もしているということで頼まれたんです」

子規は庭にも一家言あった。

随筆集『筆まかせ』には、理想の「書斎と庭園」を図で描いている。

それによると庭の一角には桔梗《ききよう》、萩《はぎ》、女郎花《おみなえし》、薄《すすき》、撫子《なでしこ》など、すべて秋草を植えるという。

「野生の有様にて乱れたるを最上とす」

庭の好みも、自然そのままを重んじた子規らしい。「子規の庭」もそのイメージを大切にしている。

明さんは正岡忠三郎さんの次男。忠三郎さんは子規の死後に養子となって、正岡家を継いだ。

忠三郎さんの実の父親は子規の保護者だった加藤拓川《たくせん》で、養母は子規の妹の律になる。司馬さんは忠三郎さんと深い親交があり、一九七六年に忠三郎さんが七十五歳で亡くなったときには葬儀委員長もつとめた。その後、司馬さんは、忠三郎さんを主人公にした物語として『ひとびとの跫音《あしおと》』（中公文庫）を書いた。子規、陸羯南《くがかつなん》、加藤拓川といった人々に、忠三郎さん、友人で詩人のぬやま・ひろし（西沢隆二《たかじ》）さんらが登場し、もちろん律も重要な登場人物となっている。

〈二十代から三十代にかけての七年間、兄の看病のために終始し、そのことにすべてを捧げた。捧げたなどという極端な言いようは、この期間の正岡律にこそあてはまる〉

明さんは〇九年末にNHKドラマ「坂の上の雲」の収録に立ち会い、律役の菅野美穂さんとも話をした。

「開口一番、律をイメージアップしてくれてありがとうございましたと伝えました。あんなに可愛らしく演じていただき、うれしかったです」

ドラマでは律は明らかに秋山真之に恋をしている。

司馬さんは『坂の上の雲』ではかすかに律の恋心を描いてはいるが、『ひとびとの跫音』では、「恋していた」とする秋山家の証言も紹介しつつ、否定している。

しかし明さんはこの件について、菅野さんに話したいことがあった。

「真之さんに対する律の思いが、どの程度かわかりませんけど、あったという話を母から聞いたこともありますといったら、菅野さんの表情がパーッと明るくなりましたね」

もともと明さんにとって、律のイメージは菅野さんとはだいぶ違う。

兵庫県伊丹市にあった正岡家の小庭に面した六畳間の壁の上に、故人二人の写真額があった。一人が加藤拓川で、もう一人が律だった。

「どちらも迫力がありました。私にとって律は、茶の間の写真の『怖い顔のおばあさん』というイメージしかなかったんですよ」

明さんは何度か司馬さんに会ったことがある。機械メーカーの会社員をやめ、造園業に転職することを話したこともあったそうだ。

「司馬さんは『植物を相手にするのはこれから有望やし、すばらしい仕事や。土にまみれなさい』といってくれましたね」

と、明さんは懐かしそうにいう。

「子規にとっては結局、奈良が最後の旅になってしまいます。でも、きれいな女性との出会いもあり、印象深い、いい旅だったと思います。その奈良に私がいま住んでいるのは偶然ですが、縁を感じますね」

子規にはいくつもの柿の句があり、明治三十一年にも詠んでいる。

〈秋暮るゝ奈良の旅籠《はたご》や柿の味〉

柿は、ほんのり甘い〝恋の味〟だったのだろう。

子規は常に明るさを失わない人だった。脊椎カリエスの激痛に耐え、俳句・短歌の革新に最後の情熱を傾ける。奈良の旅の記憶はそんな痛みを和らげてくれただろうか。

余談の余談❺

子規が描いた少女と司馬さんの出会い

山形真功

正岡子規最晩年の手記『仰臥漫録』には、彩色された絵やスケッチ、メモ描きのような絵が二十数点もある。なかでも見ていて楽しくなるのは、めずらしい服を着た、かわいらしい少女の絵だ。

明治三十四（一九〇一）年九月五日の文章とともにある。

「午前　陸《くが》妻君巴《ともゑ》サントオシマサントヲツレテ来ル　陸氏ノ持帰リタル朝鮮少女ノ服ヲ巴サンニ着セテ見セントナリ」

この少女、陸羯南《かつなん》の四女、巴さん（後に最上姓）の談話「写生のモデルになって……」が、講談社版『子規全集』第十一巻の月報一にある（一九七五年四月）。そこには、当時八歳の巴さんが朝鮮少女の服を着て子規に見せに行った事情、子規の「大層な喜びよう」が、時の隔たりを感じさせずに語られている。

最上巴さんに司馬さんがお会いしたのは、昭和五十四（一九七九）年七月三日の夕刻。司馬さんは、正岡律の養子となった正岡忠三郎さんと子規ゆかりの人々を描く小説『ひとびとの跫《あし》音《おと》』の連載を始めたばかりだった。その日は、連載第一回が載る「中央公論」七九年八月号の発売七日前になる（『ひとびとの跫音』は中公文庫）。

東京から車で神奈川県葉山町一色の最上家に巴さんをお迎えに上がり、逗子の「日蔭《ひかげ》茶屋」で会食しながらお話をうかがった。正岡忠三郎夫人のあや子さん、西沢隆二《たかじ》夫人の摩耶子《まやこ》さん、『ひとびとの跫音』挿画のあづみ・はるさん、みどり夫人がご一緒した。

この席の模様は、『ひとびとの跫音』の「子規旧居」章にこまやかに書かれている。最上巴さんを、司馬さんはこう表現した。

「切れの清らかな目もとのひとでとても八十代とはおもえず、弾みのある応答やら表情などから、このひとが幼女であったころを容易に想像することができた」

余談の余談❻

歴史の因果は長い目で見ないとわからない

和田　宏

殴られれば殴り返したくなるのは人も国家も同じ。日露戦争ではようやく判定勝ちしたものの、日本はロシア（ソヴィエトに代わったが）の報復を恐れ続け、北方の防備に力を注いだ。なのに一方で「勝った」ことの慢心から驕りが生じ、世界の潮流に後れをとったのも事実。それが昭和十四年のノモンハン事件に繋がる。ソ連の念入りに仕組んだワナに落ち込み、日本軍は全滅した。スターリンは日露戦争の仇《あだ》を討った、といった。

『坂の上の雲』を読むと、司馬さんは明治末年の日本軍の指導者と昭和のそれとを随時比較している。維新から日露戦争まで、「坂の上の雲」を見上げて歩んだ三十数年、そこから同じ歳月を日本軍は独善の道を走ってノモンハンにいたる。

司馬さんは自分の属した戦車隊が、かつて完膚なきまでに叩かれたあの事件をもって、太平洋戦争の敗戦にいたる日本軍の凋落を描くつもりでいた。その結末までを書いて『坂の上の雲』の長い物語が完結するはずであった。それは敗戦時に「日本人とは何か」を痛切に思った自分への答えにもなる。が、テーマが暗すぎたのか、ついに書かれることがなかった。

歴史は長い目で見ないと、本質を見誤ってしまう。たとえばすぐに発火する旧ユーゴスラビアやコーカサス諸国の民族紛争も、やった・やられたの歴史は古く、因果は幾層にも積み重なっている。

作家の堀田善衛氏は、司馬さんとの対話の中でこんな体験を語っている。敗戦直後、日本軍の占領下にあった中国・上海に堀田氏はいたが、日本人は報復されるどころか親切にされたという。司馬さんが驚いて問いただすと、いや、歴史を長い目で見る中国の人は、どうせ日本はもういっぺん鉄砲持ってやってくるにちがいないから、親切にしておかないとまずい、と考えたんじゃないか、ということらしい。いやはや。

余談の余談❼

日露戦争の関連語あれこれ

和田 宏

征露丸……正露丸はかつては勇ましくこう書いた。日露戦争直前に開発され、悪水による感染症対策に兵士に配られたが、当時陸軍に蔓延していた脚気《かっけ》が細菌によるものと考えられていたので「脚気菌」に効くとも期待された。いまでも「征露丸」があるそうだが、自衛隊が持ってちゃまずいだろうな。

露探《ろたん》……ロシアの軍事スパイのことで、特定の日本人を指弾するのにも使われた。第二次大戦中の「非国民」に似て、国論が沸騰するとき、時勢の邪魔になるものを故意に作って生けにえ《スケープゴート》にする悲劇が生まれる。露探も非国民も死語だが、いつでも代わりの言葉が出番を待っている。

二〇三高地……当時の女性の髪形の名称。やたらに盛り上げるのが流行《はや》った。あまりに高く結ったので、芝居見物で後ろに坐る客が困ったという。また一部の男性が難攻不落の女性をこう譬《たと》えたようだが、その辺の事情は知らない。

モヤシ……旅順のロシア軍が降伏した原因のひとつに、食糧庫の大豆が芽を出してダメになったことがあるらしい。モヤシや貝割れ大根を食べる習慣があったら、壊血病に苦しむロシア軍の野菜不足を補うことになり、まだ戦えたのではと司馬さんはいう。

馬賊……日露双方がこの現地の盗賊どもを利用した。司馬青年がなぜかこれになりたがっていたという証言がある。でもこの人は方向音痴の気味があるので、きっと満蒙の大地で迷子になったであろう。

丙午《ひのえうま》……日露戦争のあくる年がこれに当たった。丙午年生まれの女性は、男を殺すという迷信があって縁遠くなるため、親たちは子どもを作るのを避けた。戦争が終われば、若者が戦地から帰還するので、団塊世代のように出生率が上がるのが普通だが、日露戦争の翌年はこの迷信のために低かった。きっと我慢したのだ。明治の人はえらい。

日露戦争前夜の主役たち

秋山真之や夏目漱石が歩いた時代

ロンドンの街を歩くと、『坂の上の雲』の登場人物たちの足音が聞こえてくる。

若き日の東郷平八郎は、ロンドン郊外にある、テムズ川河畔の商船学校で実技を学んだ。ロンドン市内に保存されている成績表によれば、学業は優秀で、なにより素行態度がすばらしかったようだ。のちに提督となり日本海海戦を大勝利に導いたことが、さりげなく備考欄に書いてある。担当者によれば、

「備考欄は普通、悪いことが書かれてるものだけど、こりゃすごいね」

その参謀となる秋山真之《さねゆき》も駐在武官として、イギリスに滞在している。各地の造船所でできあがりつつあった新鋭艦の視察をしていて、それらが日本海海戦では主力となっている。

正岡子規の親友、夏目漱石もまた、イギリスには深い縁があった。明治三十三（一九〇〇）年十月末から約二年、ロンドンで勉学に励んでいる。

合計五つの下宿に住み、四つの下宿の建物はいまもある。成績表といい、イギリスは

物持ちがいい。

神経衰弱になったといわれる漱石だが、下宿の女主人にすすめられ、当時流行していた自転車に乗り、なんども転んだ。ロンドンでの体験を、東京・根岸で病の床にあった子規への手紙に書き、子規を喜ばせてもいる。

日英同盟が締結されたのは明治三十五年。日本政府はロシアと戦うためにイギリスと結ぼうと考えるが、伊藤博文はぎりぎりまでロシアとの協調を図ろうとする。国際政治の荒波のなか、日本の危うい航海が始まろうとしていた。

秋山好古と山県有朋、乃木希典

若き秋山好古《よしふる》はパリで青春時代をすごしている。サンシール士官学校で騎兵術を約四年半学び、多くの逸話を残した。陸軍を牛耳る長州の山県有朋がフランスを訪ねたとき、好古はフランス式馬術の優秀さを進言し、パリ滞在中の面倒もみている。リヨンにいたフランス陸軍高官にみやげ物を渡してくれといわれ、好古はリヨン行きの列車に乗り込んだ。しかしワインに酔ったか、汽車のなかで寝入り、気がつくとみやげ物がない。パリに戻り、山県に不始末を報告した。伝記『秋山好古』では、山県が苦々しくいう。

「秋山お前は子供見たいな奴じゃの」

「ハイ秋山は子供見たいな馬鹿であります。だが仏蘭西では汽車の中で品物が消えて無くなります」

好古は『坂の上の雲』のムードメーカー的な存在かもしれない。重苦しくなる雰囲気を、ひとりで和らげている。

好古は日露戦争の英雄となる乃木希典《まれすけ》を尊敬していたが、若き二人はフランスでも会っている。明治二十年で、軍事視察のために来た乃木の通訳を好古が務めた。新聞記者のインタビューで「社会主義についてどう思うか」という質問を受け、好古から社会主義の簡単な説明を受けた乃木は答えている。

「しかし武士道の方が優れている」

伝記『秋山好古』によれば、好古はときどきいっていたという。

「俺と乃木大将とは何処《どこ》か似ているよ」

同じく日露の英雄であり、人格者で古武士のにおいもある。たしかに一見似ているが大きく違う、というのが『坂の上の雲』の世界でもある。

日英同盟とイロコワ族

正岡子規の友人たちは視察や留学のために次々に海外に出ていった。時代は明治三十三（一九〇〇）年ごろのことで、旺盛な執筆活動をつづける子規だが、病は重い。友人が海外に出発するたびに、

「かれが帰国するまで自分は生きているかしらん」

と思う。

しかし子規はしぶとくがんばっていた。友人たちは結局帰国し、東京・根岸の子規庵をたずね、みやげ話で子規を慰めることになる。

郷里の幼友達の秋山真之もそのひとりだった。アメリカとイギリスの駐在武官をつとめた真之は、明治三十三年には帰国し、『坂の上の雲』では根岸を訪れている。

逆にちょうどこの年には夏目漱石がロンドンに留学している。子規にすれば、畏友（漱石）が去り、剛友（真之）が来たことになる。いずれも旅の場所はイギリスだった。

「イギリスは、どうじゃ。おもしろいところへお行きじゃったかの」

　と、子規はいう。

「おもに軍港や造船所ばかり見てあるいた」

「商売じゃからな」

「まったく妙な商売だ」

　真之はイギリス各地で建造されている軍艦を見学した。のちに連合艦隊の旗艦となる三笠、さらには姉妹艦の朝日などがイギリスでつくられていた。ロシアの駐在武官をしていた広瀬武夫が遊びにきて、ポーツマスで朝日を一緒に見学している。

「日本というのは悲痛な国よ」

　と、真之は子規にいう。

　欧米各国は産業で国を富ませ、軍備を増強する。日本は国内にろくな産業も育っていないのに、一流の海軍をつくろうとしている。そのため膨大な軍備費が国民にのしかかっているのが実情だった。

「しかし残念ながら、軍艦は小艦艇はのぞいてみな外国製だ」

　という真之に、子規はいった。

「なあに、それでええぞな」

　子規は自分の文学と海軍を重ね合わせるようにいう。大和言葉のみでこれからの短歌の発展はないと考え、ときには外国語や外国の文学思想も必要になると考えていた。

「英国の軍艦を買い、ドイツの大砲を買おうとも、その運用が日本人の手でおこなわれ、その運用によって勝てば、その勝利はぜんぶ日本人のものじゃ。ちかごろそのようにおもっている。固陋《ころう》はいけんぞな」

子規は熱っぽく、一方で真之をなぐさめるようにいった。

戦争が近づいていた。日清戦争（明治二十七〜二十八年）の記憶がまだなまなましいなか、誰もがロシアが重くのしかかってくることを感じていた。

満州（中国東北部）の遼東半島はすでにロシアの支配下にあった。旅順、大連はロシアの街と変貌し、旅順には大要塞が築かれ、旅順艦隊が置かれた。地歩を固めたロシアの次の狙いは朝鮮半島のようだった。司馬さんは書いている。

〈要するに、日露戦争の原因は、満州と朝鮮である。満州をとったロシアが、やがて朝鮮をとる〉

満州や朝鮮にすむ人々のことはまったくお構いなしで、日本とロシアの利害は鋭く対立していた。

日本は朝鮮半島を防衛上のクッションとしたい。さらには市場にできたらと熱望していた。

しかしロシアの南下は止まらない。すでに朝鮮北部にはロシアの手が伸びている。

「他の国は、とうていたすけてくれまい」

と、日本の政権担当者たちは思いつつ、軍備を増強していた。

しかし、ヨーロッパでも、ロシアの極東進出を苦々しく思い、阻止すべきだと考える国があった。

イギリスである。

当時は世界中の富がロンドンに集まっていた。資本が蓄積され、あらゆる生産物が生まれ、植民地であるインド、香港などの拠点がある中国に向けての貿易が盛んだった。〈ところが、ロシアは極東圏だけでなく、インドにむかっても南下しようとしており、この勢いをそのままにしておけば、やがては英国は市場をうしなってその商品は倉庫にうずたかく滞貨するにちがいない〉

イギリスは顕在化する危険を芽のうちにつみとろうとしていた。

日英同盟の成立は明治三十五（一九〇二）年になる。一方が第三国と交戦状態に入った場合、一方は好意的な中立を守るといった内容で、日露の衝突を意識したものとなった。

ロンドン大学名誉教授のイアン・ニッシュさんに会った。イギリスの歴史学者で、日本との交流史に詳しく、日本に招かれることが多い。

二〇〇五年五月に宮崎県日南市の「国際交流センター小村記念館」で開かれた「日露

戦争・ポーツマス条約締結百周年記念国際シンポジウム」では、基調講演もしている。

ロンドン郊外のオックスショットという駅で待ち合わせると、車で迎えにきてくれた。一九二六年生まれのベテランドライバーである。自宅では夫人が手作りのスコーンでもてなしてくれた。司馬さんの写真を見ると、ニッシュさんはいった。

「よく知っています。私の友人にはイギリスの外交官で歴史学者のヒュー・コータッツイがいて、二人は対談をしていますからね。とてもエクセレントな紳士だったといっていました。『坂の上の雲』も知っていますよ。私は松山に縁があります。一九四六年から四八年まで、連合軍の一員として松山にいたこともある。イギリスの受け持ちは中国四国地方でしたが、私はまず江田島に入り、その後、松山城の近くにあった兵舎に入りました。もっとも秋山兄弟のことまでは知りませんでしたが」

ニッシュさんはときに日本語、ときに英語で日英同盟について語ってくれた。同盟といっても、日本とイギリスでは温度差があったようだ。

「一九〇二年に日英同盟が締結されたとき、東京では大喜びでしたが、イギリスの国民はほとんど知らなかったでしょうね。同盟を知ったのは日露戦争の勝利からです。日本がロシアを破ったことについては、イギリスの新聞も熱狂しましたから」

ニッシュさんは最初、エジンバラ大学で歴史を学んだが、大学の授業でも日英同盟にかける時間はほんのわずかだったという。

「しかし当時、〝名誉ある孤立〟を守っていたイギリスにとって、同盟を結んだ相手は日本ぐらいのものです。知られざる、珍しいパートナーでした」

当時、イギリスは第二次ボーア戦争（一八九九～一九〇二）にかかりきりだった。イギリスはこの戦争に勝ち、ボーア人（オランダ系白人）を南アフリカから追い出すことに成功する。もっとも戦費はかさみ、イギリスの財政は悪化した。国際的にも批判を浴び、大英帝国の曲がり角になった戦争ともいえる。

「ロシアが弱まるのはイギリスの利益にかなう。しかしロシアの南下を防ぐために、極東に軍隊を派遣することは財政的に無理でした。香港、さらにはインドを守るために日本の力が必要だった。もっとも、イギリスとしては日露戦争を望んでいたわけではないですよ。イギリスは、ロシアの旅順艦隊は日本よりも強いとみていました。制海権をもてないと日本は敗北する。しかし日本は勝利しましたね」

日本の勝利は、イギリス外交の勝利だったのだろうか。

「ロシアの膨張を抑えることができたことは、イギリスにとっては大きな成功でした。もっともその後の朝鮮半島、満州での日本の膨張のきっかけとなったことには問題があったと思います。日英同盟は一九二三年まで続きますが、だんだんと日本を牽制する方向に、同盟の性格は変わっていきました」

司馬さんは日英同盟について、真之と小村寿太郎の逸話を紹介している。真之がアメリカの駐在武官をしていた時代、アメリカ公使だった小村は、アメリカの先住民族「イロコワ族」の話をした。イギリスは巧妙に、勇猛なイロコワ族を味方につけ、フランスや他の先住民族を打ち破ることに成功した。小村はいう。

「英国としてはぜひ東アジアにイロコワ族をみつけたい。――それが」

真之は答えた。

「日本でしょう」

「左様、日本です。英国は日本をイロコワ族として使おうと考えている。（略）相手のこんたんを知りぬいたうえでここは一番、イロコワにならざるをえない」

日本はイロコワ族だったのだろうか。ニッシュさんは最後にこんな話をした。

「ポーツマス講和会議が難航したときに、アメリカのセオドア・ルーズベルト大統領は、ロシアにはフランスから、日本にはイギリスから、圧力や注文をつけることはできないかと考えました。フランスはその気になりましたが、イギリスの答えはノーでしたね。なぜなら日本は独立した国として戦争をはじめ、いまは自分で戦争を終結させようとしている。イギリスが口を出すことはできない。いったん条約を結んだら、約束は守るし、相手はたてると。私は日本がイギリスのパペット（操り人形）だったとは思いませんよ」

テムズ川の青春

秋山真之は明治三十四（一九〇一）年に海軍少佐となり、三十五年に海軍大学校の教官となった。三十六年には常備艦隊の参謀となっている。戦時ではそのまま連合艦隊の参謀になる。いよいよ真之に重責がのしかかってきた。

参謀が決まり、司令長官も決まった。舞鶴鎮守府司令長官だった東郷平八郎中将である。海軍大臣山本権兵衛の抜擢人事で、東郷はこの当時、それほど有名な存在ではなかった。

真之と東郷は面識がなかったようだ。そのため海軍省人事局が気をきかせ、二人を対面させることになった。海軍省の会議室に入ると、東郷がポツンと座っていた。

〈「私が、秋山少佐です」

というと、東郷はわざわざ立ちあがって、トーゴーデス、と母音をながく発音するなまりで、答えた〉（『坂の上の雲』）

小柄で、髪は短く、びんのあたりが白くなっていた。目鼻立ちが整いすぎている感じで、豪傑のにおいがあまりない。

「このたびのこと、あなたの力にまつこと大である」

といっただけで、あとは微笑するばかりだったという。

海軍のなかで目立った存在ではなかった東郷だったが、山本権兵衛は高く評価していた。司馬さんは『燃えよ剣』（新潮文庫）下巻の「甲鉄艦」の章で、東郷に触れている。

〈明治天皇が、なぜ東郷をえらぶのか、と山本海相にその選考理由を下問したときも、「ここに幾人かの候補者がいます。技術は甲乙ございませぬ。ただ東郷のみは運の憑《つ》きがよろしゅうございます」

と答えた〉

若き日の東郷は、軍艦「春日」に乗り組み、新政府軍の甲鉄艦を狙って斬り込んできた榎本軍の土方歳三と戦った経験もある。

〈「東郷元帥の経歴のふしぎさは、わが国におけるあらゆる海戦に参加したことである」と、のちに小笠原長生《ながなり》翁が書いているように、これほど戦さ運にめぐまれた人物は外国の例にもないといわれる〉

その初陣は一八六三年の薩英戦争で、まだ十七歳だった。因縁のイギリスに、明治になってから東郷は留学している。滞在は明治四（一八七一）年から七年に及んだ。

十一人の留学生とともに六十日以上の船旅を終え、タイタニック号出航の地として有名なサウサンプトンに到着した。近くの軍港ポーツマス、さらにはケンブリッジで、英語や数学、製図などを勉強している。ダートマスの英国海軍兵学校に入学することを希望していたが、かなわなかった。東郷は年齢が高く、さらには外国人であることも理由だったのかもしれない。

その後、ロンドン郊外でテムズ川下流の小さな町、グリーンハイスに向かった。テムズ川に古い帆船の「ウースター号」が係留され、船そのものが学校になっていた。東郷はその生徒というか、乗組員となる。一八七三年、東郷は二十七歳だった。

東郷神社・東郷会が出した『図説　東郷平八郎』（平成七年五月刊）によると、〈朝5時半起床、甲板洗い、操帆訓練の後7時半朝食、9時から午後4時まで昼食をはさんで授業があり、さらに夜8時から10時まで輪番当直勤務に立つ日もあった〉

という日常だった。

商船学校で、優秀な生徒は海軍士官となる制度もあったようだ。一八六二年に開校、一九六八年に廃校となるまで、多くの船乗りたちを育てている。グリーンハイスで、OB会事務局長のグラハム・スミスさんに会った。

「世界中に千百人のOBがいますよ。でも東郷はかなりの大先輩で、在学中は知らなかった。日本にとって、ネルソン提督のような人だということはあとで知ったよ」

グラハムさんは一九五六年の入学で、ざっと八十年以上もあとの後輩になる。卒業後は六十二歳まで船に乗ったという。

「日本とニュージーランドを何度も往復する仕事もあったね。横浜のバーのバイオリン弾きは、飲めば飲むほど、激しく弾いておもしろかったな。世界中にユニオンジャックがはためいていた時代もあったけれど、時の流れは仕方がない。俺も最後はエクアドル人に船長の座を奪われ、いまはOB会の事務局長。でも、けっこう忙しい。日本の東郷神社に招かれたこともある」

「ウースター」校には強い誇りを持っている。

「イギリスの商船学校として有名な学校はいくつかあるが、北ウェールズにある『コンウェイ』、テムズ上流の『パングオーン』、そしてわれらの『ウースター』がある。コンウェイの連中は数学のできる奴が多くてナビゲーションがうまく、パングオーンは紳士的で、つまりはお坊ちゃまが多い。そしてウースターこそ、真の海の男を生み出してきた」

やはり東郷は真の海の男の系譜にいるわけで、まことに喜ばしい。

司馬さんも一九八八年十二月にこの町を訪ねている。『「明治」という国家』（NHKブックス）に「東郷の学んだカレッジ」という章があり、グリーンハイスの印象を書いている。

〈学校は、ロンドンから車で一時間ちょっとで、ダートフォードという町を通過してほ

どなく、テムズ河畔のグリーンハイスという、ろくに村もないところにあるのです〉

グリーンハイスはテムズ川から吹く風が冷たい。十二月のことだから、厳重に防寒し、しかめっ面で歩く司馬さんが想像できる。司馬さんは寒がりなのである。

「たしかになにもない町だったが、ここ五、六年で宅地開発があって、三五エーカーに一千棟の新興住宅が建った。かなり若い人が住むようになっているね」

と、グラハムさんはいう。東郷の思い出の町も変貌を遂げているようだった。『「明治」という国家』で、司馬さんは書いている。

〈当時の校長先生が、世界の東郷になったとき、在学中を思い出して、「東郷はすばらしい青年だった。在学中は彼をいじめようとする者が一人二人いたけれども、やがて彼をいじめなくなった」と語っています。いじめをひっこめさせたのは、東郷の気迫だったのでしょう〉

もっとも東郷の同級生たちはだいたい十歳くらいは年下だった。グラハムさんは笑う。

「東郷は満二十五歳で入学しているからね。記録によれば、東郷はボクシングが強かったそうだ。二十五歳が十六歳とやるんだから、勝って当たり前だよ」

薩摩隼人が負けるはずもない。

グラハムさんと別れて数日後、東郷の成績表が保存されている、ロンドン市内の「マリン・ソサエティ」を訪ねた。昔は中学校の建物だったそうで、チャールズ・チャップリンが通ったこともあるそうだ。

東郷の成績はきわめて優秀で、とくに態度がすばらしく、

「例外的に優秀」

とあった。備考欄には、学業優秀で表彰されたこと、のちに日本海軍の提督になったことなどが書かれ、英国王室から勲章を授与された記事も貼られてあった。

「一八七四年のクリスマスにウースターを去った」

とある。

「東郷はウースターの歴史のなかで、もっとも名を残した人として、OBはみな知っていて、誇りにしています。だいたい備考欄に悪口を書かれていないのはすごいよ」

と、マリン・ソサエティの職員はいたずらっぽく言う。

東郷はウースターを卒業後、帆船「ハンプシャー」で世界一周の航海訓練にも出ている。アフリカの喜望峰を回ってインド洋を横切ってオーストラリアのメルボルンへ。さらに南米のホーン岬を回って帰国した。

〈7か月間3万マイルに及ぶ大航海であった〉

と、『図説　東郷平八郎』にある。

日本海海戦では、ロシアのバルチック艦隊が大航海を敢行したが、東郷は、若き日の自分の大航海を思い出しただろうか。

航海術や高等数学、天文航法などを学んで、明治十一（一八七八）年五月に帰国した。前年の西南戦争で故郷は荒廃し、兄の一人が戦死している。帰国の八日前には大久保利通が暗殺された。東郷はその後も激動の時代を生き抜き、真之の前に現れたことになる。

海軍省での対面を終えた真之は、

「あの人の下なら、よほど大きな絵をかけそうだ」

といった。

作戦面では、真之は海軍のエースだった。海軍大学校での戦術講義は不朽のものといわれ、先輩たちも聴きにきたぐらいだった。

しかし将才はない。

真之はそれを自覚していたと、司馬さんは書く。

〈真之にあるのは、東郷の統御力をつかって、思いきった作戦を展開してみるということであった〉

根岸の豆富

『坂の上の雲』のもうひとりの主人公、正岡子規の最後の戦いが続いていた。脊椎《せきつい》カリエスに苦しみながら、新聞「日本」と俳句雑誌「ホトトギス」を舞台に、俳句の革新運動に没頭した。明治三十年代になるといよいよ病床にいることが多くなったが、筆勢はまったく衰えない。

〈子規はこの時期、その俳論と俳句研究とその実作によって、俳句革新はほぼなしとげたといってよく、世間もこの子規の革命事業の成功をほぼみとめていた。

のこるは、短歌である〉(『坂の上の雲』)

短歌の革新をめざし、「日本」での連載「歌よみに与ふる書」が始まった。明治三十一(一八九八)年二月のことで、万葉集、そして源実朝以来、和歌はいっこうに振るわないと断じている。当時の歌人に対する〝宣戦布告〟だろう。さらには、

〈貫之《つらゆき》は下手な歌よみにて、古今集はくだらぬ集に有之候《そうろう》〉

という有名な言葉がつづく。

不動の地位にあった紀貫之や古今集をも一刀両断にしてしまう。

〈歌は事実をよまなければならない。その事実は写生でなければならないとし、なぜ自分はそのようにいうかということを、いちいち古今の歌の実例をあげつつ論証した〉

（『坂の上の雲』）

批判も殺到したが、ときにはたたきつぶす勢いで論破していく。

「すこし言いすぎる」

と、子規の周辺の弟子やファンも心配したようだ。

のちに幼なじみの秋山真之が子規の見舞いに来て、子規の書いた俳句と短歌の革新論をまとめて読み、

「升《のぼ》サンには、どうも」

と、毒気にあてられてぼんやりしてしまうことがあった。文章の鋭さ、正確さ、そして戦闘精神に圧倒される。

〈子規のこの闘志は、そのあたりの軍人などが足もとにも寄りつけるものではないことだけはわかった〉

子規の言葉は百発百中の砲門からうちだされる砲弾のようだとたとえると、子規は真之にいった。

「生死の覚悟となれば軍人などには負けんぞな」

しかし、子規の保護者であり、「日本」社長という雇い主でもある陸羯南《くがかつなん》の場合、立場がややこしい。

「日本」は子規の発表の場だが、羯南はじめ、「日本」の社員は歌に造詣《ぞうけい》が深かった。子規の意見とは相いれない社員がほとんどで、羯南自身もそうだった。

「これがこまる」

と、子規は、このころ熊本にいた友人の夏目漱石に手紙を書いている。

「歌につきてハ内外共に敵にて候。外の敵ハ面白く候へども内の敵にハ閉口致候」

羯南と衝突してしまうことが、何よりも心苦しかった。さらに心苦しいことには、「日本」は売れない。

一流の記者をそろえた「日本」だったが、他の新聞のように政党に偏ることもなく、俗っぽくもなく、つまり売れ筋の新聞ではない。

一方で、俳句雑誌「ホトトギス」は好調だった。子規は病床にありながらも新進気鋭の文学者としてファンも多くなっていた。さらに、漱石への手紙に書いている。

〈『日本』ハ売レヌ、『ホトトギス』ハ売レル。陸氏ハ僕ニ新聞ノコトヲ時々イフケレドモ僕ニ書ケトハイハヌ、『ホトトギス』ヲ妬《ねた》ムトイフヤウナコトハ少シモナイ〉

子規は「日本」に給料をもらっていながら、「ホトトギス」にばかり原稿を書く。残り少ない体力のなかで、俳句革新のための原稿をできるだけ書きたい思いがあった。すまない気持ちをこめて、子規は「ホトトギス」を、権妻《ごんさい》（妾）だという。〈トカク権妻ノ方へ善ク通フトイフ次第ダカラ『日本』へ対シテ面目ガナイ。ソレデ陸氏ノ言ヲ思ヒ出スト、イツモ涙ガ出ルノダ〉

羯南も決して催促はしない。それどころか、根岸のすぐ近くに住んでいるので、毎日のように、

「きょうはどんなぐあいですか」

と、様子を聞いてくれる。

具合がよくないと聞くと、血相を変えて上がりこみ、子規の顔をじっとのぞきこむ。

司馬さんの『ひとびとの跫音《あしおと》』に、そんな場面がある。

〈病中、痛みのために号泣するとき、竹藪のむこうからやってくる翁（といっても当時、四十代であった）が枕頭《ちんとう》で「よしよし」とつぶやきつつ子規の手を握ってくれていると、ふしぎに痛みがやわらいだ〉

翁といわれてしまった羯南は、珍しいものが手に入ると、子規のもとへよく届けたという。

羯南の四女の最上《もがみ》巴《ともえ》さんが、一九八三年に松山市の子規記念博物館のインタビューを受けている（聞き手は当時の和田茂樹館長）。

「何か珍しいものが参りますと、すぐに正岡へ届けろというのでございます。まだバナ

ナでもやたらに、そこらにはなかった時代です」

筍料理や白魚の椀汁なども、巴さんが隣の子規まで届けに行った。

「みんなが上がっていらっしゃいといいますから、トコトコと子規さんのそばへもいきました」

八歳から十歳ぐらいのことで、子規にとって、可愛い巴さんが来るのは何よりうれしかっただろう。

子規が病床の日々を綴った『仰臥漫録』に、巴さんが珍しい朝鮮服を着て登場する。子規はカラフルな民族服を喜び、スケッチもしている。

「朝鮮服のときなどは、珍しいものというと見せなくてはいけないというので、いやでも何でもいくわけですね」

と、巴さんは語る。

やはり『ひとびとの跫音』に登場する、子規の叔父の加藤恒忠（拓川《たくせん》）は羯南の友人でもあった。

拓川がヨーロッパに渡るとき、子規は根岸名物を餞別として叔父に贈り、こんな句を詠んでいる。

〈叔父の欧羅巴へ赴かるゝに笹の雪を贈りて
春惜む宿や日本の豆腐汁〉

東京・根岸で三百年以上も豆富料理店を営む「根ぎし　笹乃雪」。この店では「腐」という字は使わず、「豆富」と書く。絹ごし豆富を江戸で初めて出したといわれる老舗で、ＪＲ鶯谷《うぐいすだに》駅からも子規庵からも近い。

子規はこの豆富が大好きで、店の前には、子規の句が刻まれている。

〈蕣《あさがお》に朝商ひす篠《ささ》の雪〉

〈水無月や根岸涼しき篠の雪〉

大ぶりの絹ごし豆富二丁が木箱に丁寧に収められた贈答用の折り詰め豆富はいまもある。

「にがりと井戸水だけで作る豆富なんです。子規のころはもちろん、創業のころから製法も味も変わっていません。贈答用の包み方もほとんど変わっていないんですよ」

というのは、「根ぎし　笹乃雪」十代目当主の弟（十一代目の叔父）の、奥村雅夫さん。奥村さんは毎日、笹乃雪の豆富を作っている。

奥村さんは「根岸子規会」の会長で、財団法人子規庵保存会の評議員でもある。梅雨に入り、夏の花が咲き始めるのを待つ子規庵で、奥村さんに話を聞いた。子規が眺めたヘチマは、今年もすくすくと伸び始めてきている。ＮＨＫスペシャルドラマ「坂の上の雲」の影響はすごかったようだ。

「二〇一〇年の前半は、例年の五、六倍の人が来て。日によっては十倍のこともありました」

「子規庵は句会や送別会などで、よく人が集まり、にぎやかな場所だった。漱石も、

「子規はなんでも大将にならねばすまぬ男であった」

といっている。子規庵がにぎやかだと、子規もうれしいだろう。

子規の死後も、陸家と笹乃雪の縁は続く。

子規の叔父の拓川が喉頭がんに侵されたとき、巴さんがこの豆富を拓川に届けに行った。食事がのどを通らなくなっていた拓川は、

「そうか、それはいい。そいつは通るかもしれない」

と喜び、それからしばらく毎日のように届けに行ったという。

巴さんは語っている。

「お豆腐を折詰で、麻縄のようなものでしゃれて包んで、そしてあそこの海苔は特別いい海苔で、(略) それをちゃんとお豆腐にあうような大きさに切ってね。(略) しゃれたお土産物になるんです」

子規を喜ばせた豆富が叔父の拓川の晩年も慰めたことになる。

明治三十三(一九〇〇)年八月、子規は日清戦争後以来の大喀血《かっけつ》を経験し、再び死に直面する。

九月には、漱石が横浜からイギリスに向けて出発した。

〈もはや生きてあの男とは再会できまい〉

と思い、「とても今度はと独り悲しく相成り申し候」と、「ホトトギス」にも書いている。

明治三十四年、イギリスの漱石に手紙を書いている。

〈僕ガ昔カラ西洋ヲ見タガッテ居タノハ君モ知ッテルダロー。ソレガ病人ニナッテシマッタノダカラ残念デタマラナイノダガ、君ノ手紙ヲ見テ西洋へ往《いっ》タヨウナ気ニナッテ愉快デタマラヌ〉

拓川、真之、そして漱石。子規は常に見送る側だった。

倫敦からの手紙

夏目漱石が二年のロンドン（倫敦）留学を命じられたのは明治三十三（一九〇〇）年だった。旧制第五高等学校（現・熊本大学）の教師だった漱石は上京、七月と八月に子規庵を訪ねている。病みやつれた友人の姿を脳裏にきざみ、漱石は旅立つ。

九月八日に漱石の乗った「プロイセン号」が横浜港を出航した。

もっとも漱石は船に弱い。

『夏目漱石』（小宮豊隆著）によると、遠州灘で早くもグロッキーとなっている。上海あたりでは台風にも遭い、ようやくシンガポールあたりで慣れたらしい。

西洋式の生活も合わなかったようだ。常に洋服を着ているのも窮屈だし、洋食、バス、トイレも気にいらない。出航十日ぐらいで、高浜虚子に手紙を書いた。

「早く茶漬と蕎麦《そば》が食ひたく候」

ナポリに到着、パリを経由して、十月二十八日、ロンドンに到着している。

司馬さんは一九八七（昭和六十二）年に『街道をゆく30　愛蘭土紀行Ⅰ』（以後『愛蘭

土紀行Ⅰ』）の取材のため、ロンドンを訪ねている。

〈ロンドンに来れば、日本人ならたいていの人が夏目漱石（一八六七〜一九一六）を思いだしてしまう。その感情には、一滴の血がまじるように、悲しみがまじっている。明治の悲しみというべきものである〉（『愛蘭土紀行Ⅰ』）

さらに、その〝明治の悲しみ〟についても書いている。

〈文明としての西洋と陋穢《ろうわい》な日本というものを一個人で代表しつつ、西欧文明と対決しつづけていることの失落感をここで〝悲しみ〟とよぶだけである〉

漱石も大都会に圧倒された。心境を「倫敦塔《ほう》」の冒頭に語っている。

〈まるで御殿場の兎が急に日本橋の真中へ抛り出された様な心持ちであった。表へ出れば人の波にさらわれるかと思い、家に帰れば汽車が自分の部屋に衝突しはせぬかと疑い、朝夕安き心はなかった〉

ロンドン塔、タワー・ブリッジなどを見物しているが、電車や馬車はうまく使えないため、地図を頼りにひたすら足で回っている。

漱石が病床の子規に最初に送ったロンドンからの便りは、この年のクリスマスに書いたもので、俳句が二句添えられていた（以下引用は『漱石・子規往復書簡集』）。

〈柊《ひいらぎ》を幸多かれと飾りけり〉

子規の病が少しでも軽くなることを祈ったのだろうか。

〈屠蘇《とそ》なくて酔はざる春や覚束《おのつか》な〉

日本風の情緒がない正月に、げんなりしている漱石の顔がうかぶ。

翌年には四通の手紙を書いた。子規の無聊《ぶりょう》をなぐさめることが目的なので、タッチは軽い。ロンドン市民をつかまえ、

〈皆んな厭《いや》に脊《せ》いが高い。御負《おまけ》に愛嬌のない顔ばかりだ〉

として、背にも税金をかけたらどうだなどと提案、そして、

〈此度《こんど》は向うから妙な顔色をした一寸法師が来たなと思うとこれ即ち乃公《だいこう》自身の影が姿見に写ったのである〉

と、鏡の自分に苦笑する。

〈日曜日に『ハイド、パーク』などへ行くと盛に大道演説をやって居る。こちらでは『イエス、キリスト』の神よ『アーメン』先生が皺枯《しわがれ》声で口説いて居ると、五、六間離れて無神論者が怒鳴って居る〉

という件《くだり》もある。

ロンドン名物「スピーカーズ・コーナー」は、いまもハイドパークの一角にある。土曜と日曜、誰でも自由に話すことができる。もっとも聴衆は手ごわく、野次が乱れ飛ぶ。二〇一〇年五月初旬、スピーカーズ・コーナーをのぞくと、肌寒い公園でこの一角だけは異様にホットだった。

「イギリスにはもっとモスクやイスラムの学校がないといけない」

「移民は権利ばかりを主張する。どうして郷に入ろうとしないんだ」

「ユダヤ人は各国政府に圧力をかけて世界を動かしている」

「うるさい、このまぬけオーストリア人め」

なぜかあまり話さず、朗々と歌う人もいる。まばらな聴衆を自慢げに見渡すと、野次が飛ぶ。

「そんなに歌が自慢なら、スター発掘番組に行け」

漱石の時代と同じように、神はつねにテーマとなっているようだ。

「あいつ（イスラム教徒の演説者）はキリスト教の回し者じゃないか。あいつが話せば話すほど、みんなイスラム教が嫌いになっているぜ」

野次を飛ばしていた人間がいつのまにか演説者となっている。レトリックも大事だが、声を張り上げるタイミング、そして野次にもひるまないガッツが重要らしい。

子規への手紙で、漱石がもっとも〝情熱〟をこめて書いているのは「下宿問題」である。

ロンドンで漱石は最初のホテルを含め、五つの下宿に住んでいる。

最初の宿は大英博物館が近い「スタンリー・ホテル」で、簡素なホテルだった。もっともホテル代はそこそこかさみ、漱石は二週間ほどで引き払っている。この「スタンリー・ホテル」は日本海軍の定宿となっていた時期があり、『坂の上の雲』では明治二十六(一八九三)年に秋山真之が泊まる場面がある。

二番目の下宿はハムステッド地区にあり、ここも約一カ月で替わった。家賃が漱石には高く、家の雰囲気もあまりよくなかったようだ。

三番目の下宿はテムズ川の南で、漱石は子規に紹介している。

「僕の下宿は東京でいえば先ず深川だね」

漱石が住んだ五つの建物のうち、この三番目の下宿の建物だけが現存していない。それもそのはずで、この下宿で漱石はめったに味わえない経験をしている。約四カ月ほどいたが、大家が経営難に陥り、漱石に、

「一緒に引越して下さいますか」

ともちかけてきた。承知すると、大家は夜中に荷物を運び出す。一方、借金取りも大家をつかまえ、

「何故断りなしにしかも深夜に引越をする、それでも君は紳士か」

と、詰め寄る。

漱石もやむなく〝夜逃げ〟に加わり、ロンドンの南の郊外の新築の下宿に移っている。大家と店子が一緒に夜逃げするなど、江戸落語のような話で、子規は喜んだだろう。騒動について書かれた手紙(明治三十四年四月二十六日付)の末尾がふるっている。ロ

シアと日本の情勢といった世界の大波乱もあれば、大家と借金取りの小波乱もある。

〈しかして我輩は子規の病気を慰めんがためにこの日記をかきつつある〉

約三カ月後、この下宿も出た漱石は、最後の下宿に落ち着く。大家はリール姉妹で、漱石はいう。

「御婆さんが『ミルトン』や『シェクスピヤー』を読んでいておまけに仏蘭西《フランス》語をペラペラ弁ずるのだからちょっと恐縮する」

リール姉妹は、漱石に自転車を勧めた。少し体を動かして神経衰弱など追い出してしまいなさい、そんな気持ちがあったようだ。

下宿はテムズ川南岸で、「ザ・チェイス」と呼ばれるあたり。真向かいの建物に「ロンドン漱石記念館」があり、司馬さんも訪ねている。

〈館というより室というべきもので、恒松郁生《つねまついくお》氏が開設し、その篤志によって維持されている。恒松氏は旅行業を営むかたわら、自費によって関係資料をあつめ、陳列しておられる〉

恒松さんがこの記念館を建てるまでの経緯は、著作の『こちらロンドン漱石記念館』（コシーナ文庫）に詳しい。最初はホテルマンとして働き、英語を鍛えるため、スピーカーズ・コーナーに毎週立ったという。

やはり五月に訪ねると、妻の恒松芳子さんが館を案内してくれた。

「熊本の崇城《そうじょう》大学で英語と英文学を教えていて、単身赴任中なんです」

真向かいに漱石の〝旧居〟がよく見える。屋根裏と半地下がある家で、室内を改装し、いまも人が住んでいる。

「売りに出されたときの価格が百八十三万ポンド、三億円ぐらいだったでしょうか」

できるだけ本を買うために倹約生活をしていたロンドン時代の漱石が聞いたら、絶句するだろう。

いろいろな人がこの記念館を訪ねていて、

〈木の瘤は　笑ひもせずに　嫩芽《わかめ》ふく〉

と、司馬さんが色紙を書けば、遠藤周作さんも書いている。

〈老眼ノ愁ヲ以ッテ　漱石ノ愁ヲ春雨ニ思フ〉

芳子さんはロンドンに来たてのころの漱石を思いやっていった。

「来たのは十月末でかわいそうでしたね。急に寒くなり、暗くなる時期です。七時半に荷物を駅で受け取り、迎えに来る友人もいなかった。まさに御殿場の兎でした」

ふるえていた兎はやがて文豪となる。ロンドンでの日々はその後の作品の栄養となっていった。

サンシール士官学校

明治三十六（一九〇三）年の初夏、秋山好古は陸軍少将、習志野の騎兵第一旅団長となっていた。

九月、好古は招かれてシベリアに向かっている。ロシアの陸軍省からの招待で、シベリアで大演習を行うという。同行した大庭二郎歩兵少佐と、ウラジオストクに向かった。

道中、大庭が好古に聞いた。

「ロシア陸軍が、わざわざ大演習を日本の武官に見せるというのは、どういうことだとおもわれます」

好古は笑って答えた。

「震えあがらせようとしているのだ」

世界一の陸軍を日本人に見せ、とてもかなわないという印象を与えようとしているという。

もっとも厚遇を受けている。

港では儀仗兵《ぎじょう》が出迎え、華麗な馬車で、ウラジオストクを案内してもらっている。二時間ほど回って、ロシア陸軍の参謀大尉が好古にいった。

「ウラジオストックのご印象は、いかがでございますか」

きれいなフランス語で話しかけてくる。ロシア陸軍は好古がフランスで騎兵を学んだことを調査済みで、フランス語の対応を喜ぶだろうと思ったようだ。しかし、好古という人はやっぱり変わっている。

〈二時間ぐらいでわかりゃせんよ〉

と、突如日本語でいった〉

『坂の上の雲』の好古にはこういう場面が何回かある。

シベリア行きの数年前、好古は天津にいた。北清事変（一九〇〇年）の戦後処理のため、好古は「清国駐屯軍守備隊司令官」となっている。司令官なので、各国の要人たちと会合を持つことが多かった。フランス語で話しかけられると、うなずき、笑い、やがて、

「そりゃよかった。おれもそれで安心した」

と、日本語でいう。

〈自分はフランス語をしゃべっているつもりであり、ごく自然に日本語がとびだしてしまう。要するに相手に対して隔意がなさすぎるのである〉

伝記『秋山好古』にはこうした記述がある。

〈将軍（好古）は青年時代の四年余りを仏蘭西《ふらんす》で送ったのであるから、仏蘭西語は余程堪能でなければならない筈《はず》であった。将軍の仏蘭西語に就《つい》ては、或は流暢《りゅうちょう》であったとい い、或は難渋であったというも、少くも外人との対話には差支えはなかったようである〉

もっとも後年、読書は軍事関係の書類を読むのでなければ、多くはフランス語の書物だった。フランス語の小さな字引をいつもカバンの底に入れていたという。

〈将軍は仏蘭西語を忘れないために、常に力めて仏蘭西の書物を読んだものと思われる〉

と、『秋山好古』にはある。

好古がフランスに渡ったのは明治二十（一八八七）年七月、二十八歳のときだった。帰国するのが一八九一年末、約四年半を過ごしている。

旧藩時代の久松家の依頼によるものだった。当主の久松定謨《さだこと》がフランスに留学、サンシール陸軍士官学校に入学することが決まり、好古に声がかかった。面倒を見てくれないかということだったが、『秋山好古』には、

〈好古大尉に取りては、寧《むし》ろ有難迷惑であったかも知れない〉

とある。

日本の陸軍は、かつてはフランス陸軍を範としたが、すでにドイツ式に切り替えている。好古自身も、陸軍大学校で、プロシア（ドイツ）陸軍参謀のメッケルに学んだ。ドイツに留学する同僚が増え、将来は〝ドイツ派〟が陸軍の主流になるだろう。そんなときにフランスに行ってしまえば、孤立する危険性はあった。

しかし旧藩主をむげにはできない。

〈「渡仏します」

と、無造作にいった。いった瞬間、陸軍における栄達をあきらめた〉

こざっぱりした出処進退が、好古らしい。

しかし好古の専門は騎兵であり、この分野ではフランス式のほうがドイツ式よりも勝っているという定評があった。好古はその優劣を皮膚感覚で身につけていく。

好古が学んだサンシール陸軍士官学校は、パリから特急で約二時間、ブルターニュ地方のコエキダンという、小さな町にいまもある。

二〇一〇年初夏、レンヌ駅前までフランス陸軍のエルワン・ブーラン大尉が車で迎えに来てくれた。つい最近まで参謀本部でNATO軍の仕事をしていたブーラン大尉は身長百九十二センチ、体を折り畳むようにして運転する。

「フランス軍でよく使う言い回しに、『カバンの底をつくる』という言葉があります。サンシールはまさにそういう学校ですね。カバンの底がしっかりしていないと、荷物はつくれない。基礎教育をみっちりやり、戦場という旅の準備をします」

学校の歴史は古く、一八〇二年にナポレオン・ボナパルトが設立した。移転を重ね、現在のコエキダンに落ち着いている。

本科の学生は三年で卒業し、ほとんどが陸軍に進む。もっとも有名な卒業生としては、ド・ゴール将軍（第五共和制の初代大統領）がいる。

「この学校は、戦闘時に決定ができるリーダーを養成することを目的にしています。一例をあげると、たとえば危険地域の検問中、子どもが突っ切ろうとしたらどうするか。それが複数の男性だったら、あるいは妊娠した女性だったら、どう対応するか。さまざまなシミュレーションを学生に課しています」

五五〇〇ヘクタールの広大な敷地に、約二千人が学んでいる。

「軍隊の多国籍化に伴い、すべての生徒が六カ月間、外国で研修をすることになっています。十年度は四十五カ国に派遣されました。海外からの生徒も、全体の十三％ほど受け入れています」

好古のような海外留学組は、さらに増えているらしい。カタールにサンシール士官学校の兄弟校をつくるプランも進められているという。

滔々《とうとう》と国際的な話題を語るブーラン大尉だが、なかなか馬の話にはならない。この学校では、生徒に馬術の訓練が義務づけられていて、ブーラン大尉も卒業生の一人。しか

し、

「うーん、馬か。僕はあまり馬が好きじゃない。怖いからね」

と、素っ気なかった。

馬のことは、軍事教練部の軍馬術課司令官、ミシェル・オトラン中佐が相手をしてくれた。

「フランスでは、伝統的に士官は常に馬に乗ってきました。いまはもちろん実戦では使われませんが、特殊な状況では使われます。一年半ほど前、アフリカの山岳地帯で戦闘中にはぐれた二人の兵士が、サンシール出身の騎兵によって救出されています」

馬術には教育的な効果があると、オトラン中佐は確信している。

「馬術は将来の戦闘指揮官を育てるため、非常に有効です。私はパラシュート部隊などで勤務をしてきましたが、馬術を学ぶことで危機に対応することができました。『馬こそが私の執務室』だと思っています」

年十六時間の馬術訓練が義務づけられている。

「十六時間は少ないように思えるでしょうが、水泳で最大十一時間が必修、ボクシングは四時間ですからね。馬術は重要視されています。若い士官は馬に乗ることで恐怖に打ち勝ち、ストレスへの対処法を学びます。軍隊でもっとも大事なことです」

好古がサンシール士官学校にいたときのエピソードはそれほど知られてはいない。

『秋山好古』には、

〈同校の聴講生となりて大いに軍事の研究を励んだのであるが、郷里への通信に依れば、後には同校付となりて士官官舎を給せられ、一頭の馬と一名の伝令兵とを付せられるなど、仏国の教官と全く同一の待遇を受けるに至ったということである〉

という記述がある程度で、学んだ内容まではわからない。

もっともプライベートでは、フランスを楽しんでいたのではないか。

後年はすっかり禿《は》げ上がった好古だが、この当時はなかなかのハンサムだった。

〈或る巴里《ぱり》美人に追っかけ回され、千軍万馬を恐れざる将軍も、流石《さすが》に之には辟易して逃げ回ったのである〉（『秋山好古』）

そういえば、『坂の上の雲』ではフランスから父、秋山久敬《ひさたか》にあてた手紙が紹介されている。

「まるで田舎の処女が、吉原にかつぎこまれたようなものです」

と、好古は書く。ヨーロッパ文明の富力、技術力におどろき、パリの華麗さを吉原にたとえている。

「郭《くるわ》言葉もわからず、世事はわからず、朋輩《ほうばい》や婢僕《ひぼく》に対していろいろの気がねもあり、いやはや面倒なもので、この向う見ずの好古も、この様子では当分品行をつつしみ、礼節をまもり、おとなしく暮らすほかありませぬ」

と、艶めいたグチを送り、俳諧好きの父親を喜ばせた。飄々《ひょうひょう》とした人柄でフランスを観察する、若き好古の日々があった。

馬とリベラル

秋山好古がフランスに留学していた期間は約四年半。明治二十（一八八七）年七月から二十四年十二月までだった。

「日本の騎兵は、秋山大尉の帰国によってはじめて騎兵らしくなるだろう」と期待されたが、人格形成にとっても重要な年月だったようだ。フランスこぼれ話が、伝記『秋山好古』にはよく紹介されている。

〈仏蘭西留学中、将軍が如何《いか》に屢々《しばしば》バーやカフェーに通ったかは想像するに難くない〉

（「将軍の思想」）

酒豪の好古が一人で飲んでいるとき、袖を引っ張る男がいる。

〈「何の用事かと聞くと、何だか社会主義の話をし出した。それを聞いて見ると、中々理窟の通ったことを言う」〉

地下室に来てくれといわれた。どうも秘密結社のようだったが、好古はあまり気にせず入っていく。単に飲みたかっただけかもしれない。しかし、社会主義の話に深く聴き入ったようで、こう話を結んでいる。

〈「社会主義というものを、そう頭ごなしにするものじゃないよ」〉

伝記では、共産党問題にも言及した好古を紹介している。

〈「此の頃共産党がいかんといって頭ごなしに言うけれども、能く研究して見ると共産党の言うことにも中々善いこともある。又悪いこともある。だから充分研究さすべきものである」〉

伝記は時局が緊迫した一九三六（昭和十一）年に出されたもので、「将軍の思想」はまとめている。

〈血の戦場に於《おい》て敵弾を恐れざる軍人はある。心の戦場に於て思想を恐れざる学者はある。（略）独り将軍に至りては、両者兼ね備わるもので、将軍秋山の真の偉さはここにあると思われる〉

好古の人生を追っていくと、伝記もリベラルになるのだろう。

好古のフランス生活はフランス陸軍のサンシール士官学校にはじまるが、聴講生だったためか、正式の記録は残っていない。士官学校には博物館があり、職員のパスカル・モーリさんがいう。

「アキヤマの記録はありませんが、十九世紀後半には、七人の日本人がサンシールに学んだ記録が残っていいます」

もっとも有名なのは閑院宮《かんいんのみや》載仁《ことひと》親王で、日露戦争では好古とは別の騎兵旅団を率いた。『坂の上の雲』にも登場し、本渓湖《ほんけいこ》の戦いで活躍している。『秋山好古』の題字を書いているのも載仁親王だ。

モーリさんは博物館の中央付近の展示の前で説明をはじめた。

「これは博物館でも最も価値のあるコレクションで、ロシア皇帝ニコライ二世から贈られたダイヤモンドのついたタバコ入れです」

日露戦争の当事者、ニコライ二世（一八六八～一九一八）もサンシールとは縁があった。

「一九〇〇年ごろ、フランスはドイツを警戒し、露仏同盟の継続を望んでいました。しかしニコライ二世は躊躇《ちゅうちょ》したんですね。そのためフランスはニコライ二世を招き、大軍事パレードを催します。ニコライ二世はパレードに感心し、露仏同盟の継続を決め、パレードを準備したケスラー将軍にタバコ入れを贈りました。ケスラーもサンシリアン（同校出身者）の一人ですから、夫人が博物館に寄付してくれたんです」

イギリスが日本に接近する以上、日露戦争を遂行するうえで、露仏同盟の存在はニコライ二世にとって心の拠り所になったかもしれない。

そんなニコライ二世のダイヤモンドが、好古ゆかりの学校の博物館で静かに輝いていることになる。

サンシール士官学校は一八〇二年にナポレオンによってフォンテーヌブローに創設さ

れ、一八〇八年、ヴェルサイユの近くの、サンシール・レコールに移転している。その後、学校は現在のコエキダンに移っているが、いまもサンシール市には士官学校に直結する教育機関が残っている。

サンシール陸軍高校がそれで、ドゥニ・アラリ大尉が学校を案内してくれた。

「ここに士官学校がおかれたのは一八〇八年から、第二次世界大戦中の一九四〇年までした。ドイツ軍に占領され、四四年には連合軍の爆撃を受けています。サンシールの町は三日間燃え続けました。学校の近くに鉄道があり、ノルマンディーへの補給地点になっていたからです。多くの建物が焼失しましたが、一部は残り、そして伝統も残っています」

好古が学んだ校舎の面影はわずかに残っている。夏休み中で校舎内は静かだったが、トラックを走っている学生たちがいた。

「彼らはサンシール士官学校の入試を受けているんです。三週間前に筆記試験があり、今週は口頭試験と体育試験。なかなか狭き門ですよ」

アラリ大尉は「リヴォリの中庭」に案内してくれた。ナポレオンを司令官としたフランスがオーストリアに勝利した「リヴォリの戦い」(一七九七年)にちなんだ庭だと説明する。

「この中庭は、学生の試験の結果を発表するのに使われてきました。現在でもそれは続いており、選抜試験の結果が発表されます」

リヴォリの中庭で泣いた学生は、今も昔も多いのだろう。この学校には高校三学年とその後の課程に進む二学年が併設されている。全部で約七百五十人の学生がいるが、毎年、士官学校に進めるのは五十人ぐらいだという。

戦死したサンシールの卒業生の慰霊碑もあった。刻んだ言葉はナポレオンが決めたサンシール士官学校のモットーで、

〈彼ら、勝つために学ぶ〉

とあった。

選び抜かれ、勝つために学び、死んでいった青年も多い。

好古もまた勝つために学びに来たわけだが、頭の痛い問題もあった。当時の日本陸軍はフランス式からドイツ式への転換を進め、好古の滞仏中に正式の公示があった。珍しく好古は動揺する。

〈馬術は、フランス式とドイツ式では、まるでちがうのである〉（『坂の上の雲』）

フランス人たちは、ドイツ式の馬術についてからかう。

「ドイツ人は、人間を木か鉄だとおもっている」

司馬さんは両者の違いを説明している。

〈フランスの馬術は、日本固有の大坪流などと同様、騎手の姿勢や反動の殺《そ》ぎかたは、

馬の運動のリズムに沿おうとしている。きわめて柔軟であることを本則としているが、ドイツ式は硬直美を愛する〉

そのため、フランス式に比べると騎手も疲れるが馬も疲れるという。

『坂の上の雲』の好古はドイツ式に反対する決心をし、渡欧した山県有朋に進言する場面もある。

好古がフランス式を主張したのは、フランス人の馬術、馬に対する思い入れを身近に感じたからではないだろうか。

有名なフォンテーヌブロー城のすぐ近くにある、陸軍馬術スポーツセンターを訪ねた。

副司令官のクリストフ・マリュフィ中佐がいう。

「この施設は陸軍の馬に関するセンターです。騎手、調教師、装蹄《そうてい》師など陸軍馬術に必要な人材と馬をここで育て、サンシール士官学校など二十四カ所に供給しています」

陸軍でフランスほど馬にこだわる国はない。

「ヨーロッパではフランスだけですね。世界でもブラジルやチリ、アルゼンチンくらいです。フランスでも何度も馬術が削られそうになりましたが、ぎりぎりで守られてきました。馬術は、フランス陸軍のシンボル的な存在になっています。個人的な意見ですが、馬術は団結力を高めるのにも有効です。チームで動く場合、馬は人間同士をまとめてくれます」

　つまり、馬は〝かすがい〟にもなるという。ドイツ式とフランス式の違いも聞いてみた。

「フランス式は、馬の自然な歩行を尊重します。プロシア式はより束縛する。馬も違いますね。フランス生まれの馬に比べると、ドイツの馬はがっちりしていて、押さえつける乗り方に慣れています」

　二百頭ほどの馬がいて、百人が勤務している。アテネ五輪の馬術の金メダリストメンバーもいる。

　やはり案内してくれたローラン・ブノワ准尉《じゅんい》は軍隊に入って三十三年目、ここでの勤務は六回目になる。

「専門はＩＴで、直近の勤務は戦車でしたが、やはり馬がいい。毎日職場に来るのが楽しくて、仕事とは思えませんよ」

　准尉は人間を紹介するように次々と馬を紹介しはじめた。この子はみんなに毎日なでられる人気者です、この子は人を値踏みしますね……。

「ここでは落馬という言葉を使いません。『許可なく馬を下りる』というんですよ」

　好古ではないが、馬談議をつまみに、ブノワ准尉とワインでも飲みたくなるひとときだった。

旅順と小島砲台

明治三十年代初め、東京では「ミルクホール」が流行していた。『坂の上の雲』では、

〈給仕には桃割れ髪の小娘がいて、大きな牛乳かんからコップに牛乳をついでまわる〉

とある。もっとも、

「牛乳、御呑みなさる御方に限り、新聞縦覧無代の事」

という張り紙につられる客が多かった。新聞各紙が無料で読める店が人気で、ミルクよりも女の子よりも、客の目当ては時事問題だったようだ。


それほど日本の運命は切迫していた。迫るロシアの脅威を前にして、日本陸軍は全国各地にあわただしく要塞建築をはじめている。

日清戦争前に築いた要塞は、明治十三（一八八〇）年の東京湾要塞を皮切りに計四カ所あったが、明治三十（一八九七）年には一挙に増えている。広島湾要塞や広島と愛媛の間の瀬戸内海にある芸予《げいよ》要塞、鳴門要塞、佐世保要塞と四カ所の工事がはじまり、翌年には長崎、函館、舞鶴の三カ所も着工している。

芸予要塞のひとつ、小島《おしま》砲台（愛媛県今治市《いまばり》）が完成したのは明治三十五（一九〇二）年だった。

この小島砲台がNHKスペシャルドラマ「坂の上の雲」の放送をきっかけに脚光を浴びている。

完成してから百年以上がたつが、当時に近い姿を保っているため、観光客が続々と島を訪れている。

今治市沖に浮かぶ周囲三キロの小島へ行くには、一日十往復ほどする定期船しかない。これまでの乗降客は島民（二十八人）とせいぜい釣り客ぐらいだったが、今治地方文化交流会会長の新居田大作さんはいう。

「二〇〇九年から京阪神からの観光ツアーのコースに入り、わずか一年ほどで一万二千人もの方が訪れたそうです。そりゃ、『坂の上の雲』の影響でしょう」

新居田さんはもともと小島の魅力を伝えるために奮闘してきた。

文化庁が〇三（平成十五）年に「近代遺跡（軍事に関する遺跡）」の詳細調査対象五十カ所を選定した際、小島砲台が漏れたことを知って必死にプッシュしたこともある。

「大正十一（一九二二）年に、地元では国に対して小島砲台を払い下げてもらえるよう、申請をしています。軍事施設を史跡として保存しようとする動きは、全国でも初めてだったそうです。それらを伝えたからか、文化庁は対象物件に選んでくれました」

かつて島全体が要塞となっていた。南部、中部、北部に砲台跡があり、敵艦を照らすための探照灯跡、弾薬庫跡、モダンな洋風レンガ造りの火力発電所、地下兵舎などもある。

「二十八センチ榴弾《りゅうだん》砲」も中部砲台に六門設置されていた。

〈日本国内の海峡や東京湾の湾口、大阪湾へ入る紀淡海峡ぞいの岬や島にすえられていて、敵国の軍艦が侵入してくると、この巨砲をもって撃沈しようという目的のためのものである〉（『坂の上の雲』）

三百六十度旋回し、最大射程七八〇〇メートルという巨砲の痕跡は、六つの大きな円形の砲座跡からうかがえる。重量約一万七五三キロ、弾も一発二一七キロもあった。

「ここにあった六門のうち二門を旅順へ送ったそうです。人力で運ぶので相当な難工事だったでしょう」

移動は不可能とされていた巨砲だったが、ロシアが要塞を築いていた遼東半島の旅順攻略が難航すると、全国から十八門が旅順に送られた。要塞を陥落させる〝主役〟となり、さらには奉天の戦いでも活躍した。

〈要塞用の恒久据えつけ砲が、野外決戦に用いられた例は、世界戦史にない〉

中部砲台跡わきの急傾斜の階段を九十六段登ると、司令塔跡に出る。

島のもっとも高い所にある標高一〇〇メートルの高台からは四国連山が一望でき、

よくわかる。

「日本三大急潮」で知られる来島《くるしま》海峡が目の前に広がる。一日約八百隻の船が行き交い〝瀬戸内銀座〟と呼ばれる海峡で、敵艦が京阪神に侵入するのを防ぐ砲台だったことがよくわかる。

「窪地にある砲台から敵は見えません。二十八センチ榴弾砲は敵を狙い撃つのではなく、この司令塔から指令を出して撃つ大砲でした。船の速度や位置を測り、瞬時に射撃方向などを計算しなければならなかったんですね」

と、新居田さんはいっていた。

結局、小島砲台が実戦で使われることはなかった。大正十三（一九二四）年に閣議で廃止が決まっている。

「だからこそ、保存状態がいいですね。短い時間しか使われなかったので、日露戦争前の状態を化石的に残しています」

と、東京大学文学部准教授の鈴木淳さんはいう。鈴木さんは文化庁の委託を受けて小島砲台を詳細に調査している。

「レンガひとつをとってみても、きっと瓦屋さんの仕事だったのでしょう、一点一点、しっかり焼いたレンガで、さらに瀬戸内の穏やかな気候もあって状態がいいんです」

東京湾要塞などは昭和期に改編され、明治期の砲台跡の特定さえ難しい。函館要塞は冬場の風雪からレンガなどの傷みが早いのだという。

「砲兵や工兵がいちばん輝いていた明治三十年代の産物ですね」

設計者は工兵中佐だった上原勇作（一八五六〜一九三三）と、砲兵中佐、伊地知《いじち》幸介（一八五四〜一九一七）で、二人は『坂の上の雲』にも登場する。

「地元で上原勇作は〝小島砲台の父〟といわれています。『坂の上の雲』で児玉源太郎の引き立て役のように描かれた伊地知と二人で、参謀本部で各地の要塞を設計しました」（鈴木さん）

上原は、陸軍士官学校の第三期生。秋山好古と同期だった。卒業後にフランスで砲兵や工兵について四年間学び、「日本工兵の父」と称される。

〈好古は閥外人だったからその兵科を練りあげることに専念できたが、上原は薩摩閥の寵児《ちょうじ》として参謀畑などの華やかなコースをたどったため、工兵科はそのままに捨ておかれた。日本の工兵科が面目を一新するのは、日露開戦の三年前、かれが工兵監に就任してからである〉

限られた時間のなかで、「架橋教範」や「野戦築城教範」などを作成した。しかし要塞攻撃に不可欠の「坑道教範」は間に合わなかった。

『坂の上の雲』は、上原が戦後に語ったことばを紹介している。

「自分はできるだけのことをした。しかし要塞攻撃のための坑道作業の研究と訓練をおこたった。もしこの工兵作戦を十分に工兵にたたきこんでおいたなら、旅順攻城戦に際してあれほど悲惨な犠牲をはらわずにすんだであろう」

一方の伊地知は、陸軍士官学校の二期生。明治十年代にドイツの砲兵科で学び、陸軍の「西洋通」だった。

日露戦争では第三軍を率いる乃木希典《まれすけ》の参謀長として旅順攻略を担当。歩兵による強行突破にこだわり、多くの死傷者を出した。司馬さんが『坂の上の雲』で伊地知を痛烈に批判したのは有名だ。

上原や伊地知らの時代は、砲兵と工兵が人気だった。平均では全卒業生の五％程度なのに、上原勇作の三期は十五％にのぼる。明治二十年ぐらいまでは歩兵よりも給料が高く、海外留学の機会にも恵まれていた。

また明治三十年には、卒業後に工兵を選ぶ人はほぼ横ばいなのに、砲兵は全体の三割に急増している。

「ロシアと戦うためには、西洋風の要塞が必要だという理念がはっきりあらわれています。幕末からの砲台建築が、明治になりいちばん花開いたのが三十年前後だったんです」

鈴木さんは明治期の社会経済史が専門で、司馬さんの小説も技術面から関心をもっている。

「司馬さんは大砲がお好きで、幕末維新で、大砲がかかわるものはすべて小説にしておられますね」

短編の「アームストロング砲」「おお、大砲」もある。『峠』では河井継之助のガトリング砲を描き、『花神』の大村益次郎は、

「四斤《しきん》砲をたくさんつくっておけ」

と遺言をのこす。のちに、大阪の砲兵工廠でつくった大砲が西南戦争で役立ったという。

「司馬さんは技術を大切に考える人ですから、日露戦争後に新技術の導入に鈍くなり、歩兵中心主義に陥った陸軍に怒りを覚えたのでしょう」

戦争と技術を深く考えさせるのが、旅順攻防戦でもある。瀬戸内海の小島砲台を歩き、旅順で咆哮した二十八センチ榴弾砲を思った。

高橋是清とヤコブ・シフ

『坂の上の雲』で明治三十六（一九〇三）年、児玉源太郎（一八五二〜一九〇六）が財界の大物、渋沢栄一（一八四〇〜一九三一）を訪ねている。児玉は満州軍の総参謀長としてロシアと戦うことになる人物で、このときは戦費調達の相談にきた。しかし渋沢はいった。

「日本はロシアを相手に戦争できるような金はありませんよ。戦いなかばで国家は破産し、敵弾によらずしてほろびます」

児玉はあきらめなかった。

やはり財界の実力者で、渋沢が信頼する近藤廉平《れんぺい》（日本郵船社長、貴族院議員）を説得した。満州・朝鮮の現状を見てくれと誘っている。やはり非戦論者だった近藤は、現地を見て意見が変わった。満州はロシア陸軍の大部隊で満ち、海上ではロシアの軍艦がさかんに煙をあげている。

「もはや極東の地図は一変しようとしています。ロシア軍の兵力は時とともにふえてきている。やがては日本は圧倒されて自滅するでしょう」

近藤の言葉に渋沢は動揺する。

渋沢はふたたび児玉と会うことになった。戦争の見通しをきかれた児玉は、完勝は難しいが、なんとか優勢勝ちにすることはできるという。

「あとは外交です。それと戦費調達です」

児玉の涙ながらの説得に渋沢はうたれることになる。

〈戦費調達にはどんな無理でもやりましょう、といった〉

日本は悲しいほど金がなかった。

開戦直前に日本銀行がもっていた正貨（金貨）は一億二千万円弱で、戦争のためにはその七、八倍が必要になると予想された。政府は外債を発行しようとする。しかし大国ロシア相手の戦争のため、外債の売れ行きは難航が予想された。

欧米諸国の説得のため起用されたのは、日銀副総裁の高橋是清《これきよ》（一八五四〜一九三六）だった。

蔵相、首相を歴任、「だるま」さんと親しまれ、二・二六事件の凶弾に倒れる。NHKスペシャルドラマ「坂の上の雲」では、西田敏行が演じ、ドラマの冒頭、神田の予備校で秋山真之や正岡子規に英語を教えている。

是清が出発したのは明治三十七（一九〇四）年二月二十四日。日露戦争がはじまって半月がたっていた。壮行会では、財政の元老、井上馨《かおる》がスピーチに立った。

「もし外債募集がうまくゆかず、戦費がととのわなければ、日本はどうなるか。高橋がそれを仕遂げてくれねば、日本はつぶれる」

あとは涙のために言葉が続かなかったという。

重責を負い、まず是清はニューヨークに向かっている。しかし不調に終わり、是清は四、五日でロンドンにわたった。ロンドンの金融街シティで、本格的な交渉をはじめる。

同盟国のイギリスだったが、ビジネスにはクールだった。

シティでは、苦戦が予想される日本の外債の人気はなく、むしろロシアの外債のほうが評判がよかった。

ロシアが負けたとしても広大な土地や鉱山などがある。日本は小さな国で資源もなく、担保の取りようがないというのが大方の見方だった。

是清は時間をかけて銀行家、資本家と面談を重ねた。まず、パーズ銀行のロンドン支店長のアラン・シャンドを訪ねている。シャンドは明治五年から十年まで、「お雇い外国人」として日本に近代的な銀行業務（簿記など）を伝えた。是清も少年時代に会っている。シャンドを皮切りに人脈を広げてゆく。

滞在一カ月が過ぎたころ、ようやく外債の条件の大枠が決まった。

担保は関税収入で、利息は年利で六％、発行総額は五百万ポンド。日本政府の要望は一千万ポンドだったが、せいぜい五百万ポンドしか売れないというのが、イギリスの銀行家たちの見方だった。

ここで救世主が現れる。

是清が友人の晩餐《ばんさん》会に招待され、席に着くとヤコブ・シフという人物が隣に座った。ニューヨークのクーン・ロエブ商会の首席代表者で、全米ユダヤ人協会の大物だった。

『高橋是清自伝（下）』（中公文庫）には、

〈食事中シフ氏はしきりに日本の経済上の状態、生産の状態、開戦後の人心につき細かに質問するので、私も出来るだけ丁寧に応答した〉

とある。そして翌日、パーズ銀行のシャンドがやってきていった。

〈シフ氏が、今度の日本公債残額五百万磅《ポンド》を自分が引受けて米国で発行したいとの希望を持っているが貴君の御意見はどうであろうかというのである〉

是清は驚く一方で、

〈これ天佑なり〉

と喜ぶ。政府の希望どおり、一千万ポンドの公債を発行することができ、しかも英国だけでなく米国でも引き受けてもらえることになる。もっともシフがなぜ、肩入れしてくれるかは、しばらくわからなかった。

やがてロシアで長年続いていたユダヤ人迫害が原因であることがわかる。シフは、できるなら日本に勝ってもらいたいと思い、それがだめでも戦争が長引けば、ロシアに政変が起きるだろうとみた。

〈日本の兵は非常に訓練が行届いて強いということであるから、軍費にさえ行詰らなければ結局は自分の考えどおり、ロシヤの政治が改まって、ユダヤ人の同族は、その虐政から救われるであろう、と、これすなわちシフ氏が日本公債を引受けるに至った真の動機であったのである〉

発行された日本の外債は人気を呼んだ。その人気は戦局と関係が深い。

「旅順が陥落し、奉天会戦で勝利すると、利子が六％から四・五％に、期間も七年が二十年に、発行総額も千二百万ポンドから三千万ポンドになっています。外債の引き受けも最後になると英米だけでなく、フランスやドイツも参加しています」

というのは、多胡《たご》秀人《ひでと》さん（現・アビームコンサルティング顧問）。一九七四年に東京銀行に入行した。是清は東京銀行の前身の横浜正金銀行にもいたから、はるか後輩になる。七九年から八五年までロンドンを拠点に勤務した。

「日本政府が保証する債券の売買業務などをしていましたが、是清を助けたシフの末裔《まつえい》、クーン・ロエブ証券が取引相手のひとつで、いい商売をさせてもらいました。私は、『坂の上の雲』の縁を感じましたね。今もなお、われら日本を助けてくれるようでおもしろかったです」

その後、多胡さんは九二年から九九年までナショナル・ウエストミンスター銀行に勤めたが、この銀行はパーズ銀行の後身だった。

「その銀行で是清の写真を見たことがあります。一九〇五年、外債の募集に成功して帰国する是清の歓送会ですね。パーズ銀行主催でした」

と、多胡さん。どこまでも『坂の上の雲』に縁がある人なのである。

ところでその後のクーン・ロエブ証券はどうなったかというと、多胡さんはちょっと顔を曇らせる。

「クーン・ロエブ証券はリーマン証券と合併し、ご存じのとおりに破綻《はたん》しました。ナショナル・ウエストミンスター銀行の後身のロイヤル・バンク・オブ・スコットランド（RBS）も、リーマンショックのために経営が困難になり、現在は国有化されています」

クーン・ロエブ商会、パーズ銀行の末裔たち、永遠に大儲けというわけにはいかなかったようだ。

日露戦争中に発行された外債の総額は八千二百万ポンド。是清に同行した深井英五（のちの日銀総裁）の自伝『回顧七十年』によると、当時で約八億二千万円となり、戦費約十五億円の半額以上を占めたという。

是清の活躍は、日本はもちろん同盟国イギリスでも称賛された。

バッキンガム宮殿に林董《ただす》公使とともに招かれ、長い廊下を歩き、広い、がらんとした部屋に通された。

いすが三つある。案内してくれた大礼服を着た人が真ん中に腰掛け、是清は右に、林公使は左に座るようにいった。是清は書いている。

「その時、私は初めて、これがキングだと気付いて大いに恐縮した」

英米の投資家たちも、この人柄を愛したのかもしれない。

余談の余談⑧

歴史を変えるのは凡人だってこともある

和田　宏

旅順の陥落は戦局を大きく傾けた。アジアにおけるロシアの象徴が消失したことに世界が驚き、同時に孤立と窮乏を訴えつつ、「旅順を自分の墓場にする」と百五十五日の籠城《ろうじょう》に耐えた守将ステッセルを英雄と褒めたたえた。が、陥落後、まっ先に現地に入った英国新聞の記者によってステッセルは一転、「ウソつき」呼ばわりされる。旅順にはまだ戦いを続けられるだけの兵員も弾薬も食糧も十分あったことがわかったからである。

この記者の一報を受けた「ロンドンタイムス編集部は悩んだ。これまで英雄として讃えていた者を、急に臆病者とけなしたのではおかしなことになるから」（『日露戦争を演出した男モリソン』ウッドハウス暎子、東洋経済新報社）。

司馬さんは戦国期の武将小早川秀秋について、こう語ったことがある。「歴史の転換期というのは、案外取るに足りない人間が転轍機《てんてつき》を動かすときがある」。

豊臣秀吉に子がなかったために、北の政所寧々《ねね》の甥のこの男を養子にし、有力な大名にしたのだが、関ケ原合戦ではどたん場で戦局を決定づける裏切りをして、徳川家康に勝利をもたらし、以後三百年続く政権の発足に寄与した。

歴史を探求すると、似た感慨を抱く事例に遭遇するようだ。司馬さんが好きな数少ない作家の一人シュテファン・ツヴァイクもこういっている。「重大な運命を左右する糸が、一瞬間だけまったくつまらない人間の手に握られることがある」(『人類の星の時間』片山敏彦訳・みすず書房)。一八一五年のワーテルローにおいて、ナポレオンに一軍を任されたグルシー将軍が優柔不断のために肝心の戦場に間に合わず、フランス軍は大敗した。この一時の逡巡がヨーロッパの勢力地図を塗り替え、十九世紀のありようを変えてしまった。

……ところで、日本の首相は大丈夫でしょうね?

余談の余談❾

命がけで戦争を見る観戦武官たち

和田　宏

観戦、といっても野球やサッカーではない、観戦武官の場合の戦は本当の戦争なのである。秋山真之もアメリカへ米西戦争を見にいった。日露戦争のときには久しぶりの大戦争だというので、世界各国から多くの観戦武官が「見学」にやってきた。

観戦である以上、弾の飛ぶところに行かねばならず、命がけであるが陸軍はまだいい。戦闘員ではないのだから、危なくなれば避難できる。海軍の場合がつらい。軍艦に乗ったら逃げ場がない。運が悪いと、艦《ふね》もろともカチカチ山の狸になる。だから日本海海戦のときは日本が負けると考えていたから、四十人も見に来たのに、実際に艦に乗り込んで「観戦」したのは、司馬さんも書いている戦艦「朝日」のイギリス士官と、巡洋艦「日進」のアルゼンチン士官だけらしい。「朝日」はともかく「日進」は怖かっただろうね。

日進は巡洋艦なのに、戦艦の初瀬と八島が触雷で沈んだため、代役で三笠以下の第一艦隊の六番艦として巡洋艦「春日」とともに戦艦隊に連なった。この二艦は開戦前、イタリアの造船所で竣工する間際に注文主のアルゼンチンから買ったものなので、同国の士官が乗艦を望んだのであろうか。

とにかく日本海海戦では緒戦からこの二艦はひどい目にあった。日進の、とくに前部主砲は「まるで磁気をもっているようにしばしば敵の砲弾をひきよせた」と司馬さんは書くが、当たったもなにも発射時に自弾が砲筒内で破裂した疑いがあるらしい。

このとき大勢死んだが、アルゼンチンの士官もよく知っていたに違いない同艦乗組のある士官候補生は、左手の指を二本失っただけですんだ。かれはのちに日本海軍を背負う男になり、第二次大戦中ソロモン諸島上空でアメリカ軍の待ち伏せに遭って、死んだ。名を山本五十六という。

子規を慰めた陸羯南シスターズ

『ひとびとの跫音』の世界

明治から昭和にかけた『若草物語』

病床の子規のもとに、ときどき可愛い客が訪れることがあった。客は隣に住んでいた陸羯南の家から来る。

羯南には娘が七人いて、なかでも子規と深いつながりがあるのが四女の巴さんだった。子規のエッセー『仰臥漫録』には朝鮮服を着た巴さんが登場し、妹の五女「おしまさん（志満子《しまこ》）」とともに書かれている。

「陸妻君巴さんとおしまさんとをつれて来る　陸氏の持帰りたる朝鮮少女の服を巴さんに着せて見せんとなり　服は立派なり　日本も友禅などやめて此《この》やうなものにしたし」（一九〇一〈明治三十四〉年　九月五日）

珍しく起き上がり、巴さんをスケッチして詠んでいる。

「芙蓉よりも朝顔よりもうつくしく」

さらに九月六日には、

「午後　おいくさん、巴さん、おしまさん三人来り西洋の廻灯籠《まわりどうろう》をまはして遊ぶ　皆鰕《えび》茶《ちゃ》の袴《はかま》なり」

「おいくさん」は三女の幾子さん。こうして陸シスターズはときどき病床の子規を楽しませていたようだ。

巴さんは一九九一年に九十八歳で亡くなるまで子規を語った。八七年には「楡《エルム》」という短歌の冊子で、「子規庵の周辺のこと　陸羯南・四女・巴さんを囲んで」という座談会に参加している。

「子規の家へは隣りですから、よく遊びに行きましたが、お医者さんからご注意があって、子規さんの病気が病気ですから両親も心配してあまりあがるんじゃないといっていました」

巴さんがいうことを聞かなかったのは『仰臥漫録』のとおりで、自分でいう。

「姉妹の中でもいたずらで悪かったようです」

羯南も行くなという割には、朝鮮服のように、珍しいものが手に入ると子規の家に届けさせた。そういうわけで、巴さんは、しょっちゅう子規の家の庭で遊んでいた。来客があると、

「正岡はこちらです」

と、おしゃまに案内する。

「私の声を隣りの部屋で寝ている子規が聞きつけて『トモちゃん、こちらへ来なさい』

というものですから（略）苦しそうな顔をしていないときはそばに行くと『もう少しこちらへ来い』とか、『あっちを向け』とかいって写生をするのです」

子規が亡くなる一カ月前には、巴さんは子規と一緒に写生をしている。『病牀六尺』によると、一九〇二年八月二十三日、朝顔の鉢を巴さんと幾子さんが持ってきた。子規の写生がなかなかできあがらず、二人は退屈する。

「二人で画を画き初めた。年かさの大姉さんといふのが傍に居て監督して居る」

手本は子規が描いたさくらんぼの絵で、二人は「頻《しき》りに騒いで居た」が、描き終わると子規にみせた。

「原図よりはかへつて手際よく出来て居るので余は驚いた」

熱心だった写生で、子規は巴さんらに敗れたのである。

子規の家や陸家のある根岸の鶯《うぐいす》横丁の界隈は、旧加賀藩前田家の黒板塀が有名だった。司馬さんは、正岡家とその周辺の人物にスポットをあてた『ひとびとの跫音《あしおと》』（中公文庫）の中で、

〈令嬢たちがみな清らかでそれぞれ才能があり、彼女たちが袴をつけて出入りする姿は界隈の華やぎであったといわれる〉

と書いている。

羯南の方針で一芸に秀でていた姉妹

次ページの写真は一九〇一（明治三十四）年ごろのもので、華やかな陸家がしのばれる。右端の、やんちゃそうな女の子が巴さんだ。

明治から大正、昭和を生き抜き、七人のうち六人は神奈川県葉山町で一緒に老後を送った。次女の鶴代さんは京都で暮らしていたが、長女の万亀子さんと巴さんは夫と死別し、あとの四人は未婚だった。戦後になってから、一緒に住みましょうと、巴さんが呼びかけたようだ。

巴さんの孫の最上義雄さんが話す。

「宝塚に男役がいるように、自然とそういうリーダーシップを発揮する役が陸シスターズにもいて、それが巴ですね。性格的にもそうだし、上にも下にも物をいえる、四女というポジションもあったかもしれません」

かといって、巴さんが姉妹の中でいばっているわけでもない。

「陸シスターズでいちばん偉かったのは、やはりいちばん上の万亀子さんですよ。夏に

1901（明治34）年ごろに撮影された陸姉妹。左から志満子さん（五女）、万亀子さん（長女）、幾子さん（三女）、鶴代さん（次女）。いちばん右が８歳ごろの巴さん（四女）

は当然のごとく縁側のいちばん涼しい場所に座ったり。姉妹の中では『大姉《おおねえ》さん』と呼ばれてましたね。三女の幾子さんが『小姉《ちいねえ》さん』。あとはそれぞれ名前で呼んでました」

それぞれが一芸に秀でていたという。

「陸羯南の方針なんです。女もこれからは手に職がなければいけないといったそうなんですが、明治三十年代ということを考えると進んでいましたね」

三女の幾子さんは書道の師範で、六女の真末《ますえ》さんは日本画を教えていた。巴さんもフランス語が堪能だった。文部省検定の通訳資格をもっていて、森鷗外や夏目漱石の娘にフランス語を教えていたこともある。「楡」の座談会によると、鷗外には困ったそうだ。

「二人向き合って勉強しているところへも来られてニコニコニコニコして坐っておられる。私はね、若かったし、やりにくくって仕方がない」

そばに来るならやめますと母親から伝えてもらうと、今度は、

「部屋にはいらっしゃらないのはいいのですがカラカミのうしろに立って聞いていらっしゃるのです。（笑）」

陸姉妹のリーダーといえど、鷗外にマークされてはやりづらい。鷗外も巴さんがお気に入りだったのだろう。

葉山の木造日本家屋で、姉妹は晩年を送った。

翔南の出身地、青森・弘前の親戚、大山洋三さんはいう。

「巴さんは姉妹のなかで、外交担当者のようでしたね。なんでも窓口になっていました。私が大学を卒業するときに、『洋三さん、就職どうすんの?』って相談にのってくれて、大学の先輩を紹介してもらい、就職口も見つかりました。凜とした方でしたね」

姉妹が住んだ葉山の家を、司馬さんも『ひとびとの跫音』の取材のために訪ねている。

〈葉山町一色の陸家に行くには、坂をのぼらねばならない〉

司馬さんの取材から約三十年がたつが、バス停からなだらかな坂を上ったところにある木造日本家屋は健在だった。横にはカフェ「パッパニーニョ」がある。カフェを経営するのは、二宮寛・正子さん夫妻。正子さんは最上義雄さんの妹で、巴さんの孫にあたる。正子さんはいう。

「ただのおばあさんたちの集団というのではなく、一人ひとりに品格がある感じでした。ホワッとした中にも、凜とした風格や品格を感じました」

義雄さんと正子さんら四人の兄妹は休みのたびに遊びに来たという。

「広間に蚊帳を吊ってもらって寝たりしましたね」

五人のおばあさんたちは、いつもそれぞれお気に入りの場所にいたが、寝るときはほぼ固まって寝ていた。

「かるたやトランプをしてくれるのはどのおばあちゃまで、お小遣いをくれるのがこのおばあちゃま、怖いのはこのおばあちゃまと、孫への対応も違うんですよ」

末っ子の五十子さんは刺繍《ししゅう》の達人で、五女の志満子さんは裁縫と料理の名人だった。

「行くとおいしいちらしずしなんかを作ってもらいました。庭のヨモギを摘んでサッと草餅を作ってくれたりね」

おせち料理も、志満子さんがほとんど一人で作っていたそうだ。

兄の義雄さんはいう。

「誰かに任せきりというのではなく、上手な人が担当したほうがいい、そういった役割分担ができていたんだと思います」

仲のいい姉妹とはいえ、小さなトラブルが起こることは、もちろんある。

「巴おばあちゃまの機転をきかせたユーモアに笑ったり引き込まれているうちに、空気がフワッと和らいだようでした」（正子さん）

巴さんについて語る人

正子さんの夫の二宮寛さんは、元サッカー日本代表選手で、釜本邦茂らがいた時代の日本代表監督でもある。カフェの店名は親交のあるサッカー界の皇帝、ベッケンバウアーが付けたというからすごい。二宮さんからみても、巴さんのリーダーシップはすごかったという。

「ものごとを解決するときは、直接ぶつかり合わずに、常に巴おばあちゃまを介してシューッと落ち着いていく。対応の仕方をみていますと、たいていすぐ返事をされないんです。他の話をしながら、かといって全く関係ない話でもなく、最終的に本題にかえり、いつのまにか解決していく」

子規をはじめ多くの人に頼られた陸羯南を彷彿とさせたようだ。

「困ったときに誰かに相談したくなると、真っ先に頭に浮かぶのが巴おばあちゃまでしたね。いつも輪の中心におられました」

巴さんを語るとき、多くの人が懐かしそうな、うれしそうな顔になった。

約三十年前に司馬さんも葉山で巴さんに会っている。

〈切れの清らかな目もとのひとでとても八十代とはおもえず、弾みのある応答やら表情などから、このひとが幼女であったころを容易に想像することができた〉（『ひとびとの跫音』）

司馬さんには根岸のころの巴さん、目を細めてみる子規がみえたのだろう。

ブックガイド 『坂の上の雲』と読む司馬遼太郎作品

『街道をゆく14　南伊予・西土佐の道』（朝日文庫）

秋山兄弟、子規の故郷である松山を歩いた旅が収められている。四国は、『竜馬がゆく』など数々の司馬作品の舞台ともなっている。

『街道をゆく30　愛蘭土《アイルランド》紀行Ⅰ』（朝日文庫）

ローマ文明の洗礼を受けていないヨーロッパ＝アイルランドへ向かう旅の始まりに、司馬さんはロンドンに滞在し、夏目漱石の下宿などを訪ねている。

『街道をゆく37　本郷界隈』（朝日文庫）

真之、子規、漱石らが在籍した、明治初期の東大が果たした役割を問い直す街道の旅。

『街道をゆく40　台湾紀行』（朝日文庫）

南島の文化と日本人のかかわりを考える本書では、日本統治下の台湾にも触れ、台湾総督を務めた乃木希典や児玉源太郎も登場する。

『街道をゆく41　北のまほろば』（朝日文庫）

子規の身元引受人となった新聞「日本」の主筆・陸羯南のふるさとである津軽・弘前などを歩き北国が育んだ独自の文化と、その土壌をたどる。

『街道をゆく42　三浦半島記』（朝日文庫）

鎌倉幕府発祥以後、三浦半島に刻まれた日本史をたどる旅。横須賀では「三笠」を見学している。

『明治という国家』（NHKブックス）

NHKのドキュメンタリー「太郎の国の物語」をもとにした平明な語り口の評論。活躍した人物や、旧藩の性格分析などをもとに、いかにして明治という国家が成立していったかが説かれている。

『ひとびとの跫音』（中公文庫）

『坂の上の雲』執筆後に書かれた作品。子規、秋山兄弟の死後も続いた、両家の交流を中心に描かれる、読売文学賞受賞作。

『殉死』（文春文庫）

「要塞」と「腹を切ること」の二編が収められている。両作品とも乃木希典が主人公。「要塞」は、日露戦争時のエピソードを中心に作品が構成されている。

インタビュー

私と司馬さん

前防衛大学校長……五百旗頭真さん

俳優……香川照之さん

日本総合研究所理事長……寺島実郎さん

前日本国際問題研究所所長……友田　錫さん

防大生のおもしろい司馬小説分析

前防衛大学校長 五百旗頭《いおきべ》真《まこと》さん

一九四三年、兵庫県生まれ。神戸大名誉教授。『米国の日本占領政策』でサントリー学芸賞、『占領期 首相たちの新日本』で吉野作造賞。『日米戦争と戦後日本』『歴史としての現代日本』など著書多数。
（撮影・荻由美佳）

私が司馬さんに会ったのは一九六八年秋でした。京大の学生だった私は明治百年記念に作家・司馬遼太郎に講演をしてもらおうと提案したのです。『竜馬がゆく』を貸本屋で読んでファンになったからで、ツテはなかった。電話帳で調べて自宅に電話すると、司馬さんから「まあ、おいで」と言われた。友達と三人で伺うと快諾してくださった。

当日は大きな会場が満員でした。終わって薄謝（一万円）を差し出すと、司馬さんは「そんなことやめとき」と言われ、逆に京都の先斗町《ぽんとちょう》に連れていかれた。そこには多田道太郎さんら関西文化人がそろっていました。

それから司馬さんを折々に訪ねました。私の修士論文は「石原莞爾《かんじ》と満州事変」でしたが、

司馬さんから、

「五百旗頭くん、よく昭和なんかやりますな。僕なんか日露戦争を書いても、子孫から怒られた」

と言われたことを覚えています。

――五百旗頭さんは七〇年に結婚、仲人は三代目防衛大校長の猪木正道さんで、司馬さん夫妻も出席した。

司馬さんと知り合ってから、ますます作品を愛読しました。『坂の上の雲』が連載された産経新聞夕刊を駅の売店で買ったりもしましたが、単行本になるのを待って通読しました。松山の片隅で育った正岡子規と秋山兄弟が全力投球して生きる姿が鮮烈でした。それがいつしか明治国家形成に大きな力となった。産業革命から圧倒的な力を持った西欧文明に並び立つほどの国になり、不利といわれながら大国ロシアに勝って日本は近代国家として駆け上っていった。司馬さんは秋山兄弟に加えて、日露戦争と関係のない子規を主人公に据えた。対露戦勝だけでなく、明治という文明を描きたかったのだと思います。

防衛大学校長になってゼミを始めたとき、文庫で八巻の『坂の上の雲』を九月の教材に指定しました。防大生は七月が全国各地での訓練で、八月の夏休みと合わせて読むよう求めた。幹部自衛官には視野の広い指揮官になってほしいという考えからでした。初めて読む学生も多かったが、四回目という上級生もいました。

――防衛大には約千七百の学生がいる。二年に進級するときに陸、海、空の希望部門に分かれる。空がいちばん人気があり、陸、海の順だという。

自衛隊幹部になる防大生が小説のどこに興味を持つか。発表を聞くと、ある学生は軍の高官には「識能」派と「徳操」派がいるという。能力や手腕で勝負するタイプと、人物や風格の立派さで部下をひっぱる幹部に色分けできると説明した。児玉源太郎は識能派、乃木希典は徳操派。東郷平八郎と大山巌は両立派で伊地知幸介参謀長は双方が欠けているという。司馬さんは合理主義者で識能がない幹部には厳しかったと、なかなかおもしろい分析だった。

日露戦争は薄氷を踏む勝利だったのに、小村寿太郎が結んだポーツマス条約に日本国民の多くは怒り、日比谷焼き打ち事件まで起きた。国内の内向き感情で対外関係を決めつける悪弊は今に続いていると思います。

子規に見られて十七キロの減量

俳優　香《か》川《がわ》照《てる》之《ゆき》さん

一九六五年、東京都生まれ。八九年、俳優デビュー。映画「スリ」「独立少年合唱団」でブルーリボン賞助演男優賞。「故郷の香り」で東京国際映画祭最優秀男優賞。「ゆれる」でも数々の賞を受賞。「利家とまつ」「功名が辻」などＮＨＫ大河ドラマへの出演が多く、二〇〇九年からのスペシャルドラマ「坂の上の雲」で正岡子規役。
（撮影・横関一浩）

正岡子規は国語の授業で存在は知っていましたが、秋山兄弟については知りませんでした。二〇〇三年にＮＨＫからスペシャルドラマの話があって、司馬さんの『坂の上の雲』を急いで読みました。歴史小説には縁がなくて、司馬作品を読むのも初めてでした。『坂の上の雲』は子規が亡くなる前半は一気に読みましたが、後半は何回も挫折しました。子規は出てきませんし、モチベーションを高めないと戦争の細かい描写を読み続けることができなかったからです。僕は歴史上の人物を演じるときは、その人物に失礼があってはいけないと思っています。あの世から、「お前、何をやっているんだ」と言われないようにしないといけない。とくに子規は三十五歳の若さで亡くなりました。病床でカリエスに苦しみながら、俳句や短歌をいくつも作った。どれだけ子規と同じ気持ちになれるのか。〇七年にＮＨＫで制作発表をしたときに、この役をやるために減量をすると宣言しました。

――香川さんは当時、映画「劒岳　点の記」の撮影も進めていた。厳しい雪山登山を続け、筋肉がついて体重は六十八キロあった。過酷な減量をすることで外見はもちろん子規の苦しみを少しでも共有したいと思ったそうだ。

十年ほど前に「鬼が来た！」という作品を収録したときに、病気をしたこともあって五十三キロまで体重が落ちたことがあります。まずは、少なくともそこまでは落とそうと決めました。〇九年一月に子規の臨終場面を撮影することが決まっていたので、〇八年八月から一カ月に三キロずつ体重を落とすことを目標にしました。僕のベスト体重は六十三キロから六十五キロ。どうやって減量したとかよく聞かれますが、ただ我慢するだけと決めてました。だからダイエット本も書けません。空腹感の中で自分の心をどうやって落ち着かせるかが焦点でしたが、子規の痛さに比べるとたいしたことじゃない、と自分に言い聞かせました。

僕は子規と同じで食いしん坊ですから、朝はおいしい和食をまずはおなかいっぱい食べます。主におかずは卵やハムなどを食べました。それで、昼と夜は食べない。おなかが減ったらランニング。胃が動くから空腹感が一時的になくなるんです。たまらなくなったら豆腐とトマトなどを食べました。そして、何日かに一回は三食取りました。そうすると翌朝体重が増えるので、また朝食だけの生活。その繰り返しです。

――いよいよ子規臨終の収録日。朝、体重計に乗ると五十一・三キロ。狙いどおりに体重は落ちた。

いつも上から正岡子規に見られていると思っていました。誰も見ていないと思ったら盗み食いに次ぐ盗み食いです（笑）。俳優でなければこんなことはできなかった。妹・律役の菅野美穂さんが僕の背中をさわっただけで涙が溢れたと言ってくれただけで減量したかいがありました。私の我慢が菅野さんの役者魂の琴線に触れたわけですから。日活の撮影所で一日がかりで撮影しましたから、最終的には五十一キロアンダー、五カ月ちょっとで計十七キロの減量でした。

子規の俳句を初めて読んだのは小学校二年生のときです。子規の有名な、

「柿くへば鐘が鳴るなり法隆寺」

という句を教科書で読みました。俳句の知識はありませんし、何という句だろうとそのとき

は思いました。

しかし、今回、子規役で初めて奈良に来て、この句を実際に「本人」になりきって読むと、脚絆《きゃはん》を履いて痛い体を引きずりながら旅をした子規を思ってジーンときました。

子規の句は、衣服を着てないというか、格好をつけていない。日常生活のにおいがする。今年は、子規記念博物館の日めくりカレンダーを自宅に置いて、毎日一句ずつ読んでいます。一般の人が作ったら「駄作」といわれそうな句ですが、子規が詠んだとわかると名作になる。子規は素直で見たものを写生しそのまま句にしている。なかなかできないことです。

——香川さんは秋山真之《さねゆき》役の本木雅弘さんと気が合った。二人が話していると、妹・律役の菅野美穂さんも中に入れなかったという。

本木さんは、まじめでとても繊細な人です。いつもこれでいいんだろうかと悩まれていました。ときには「俺には真之の資質がないんじゃないか」とさえ言います。僕らからみると、本木さんは真之になりきっているのに、髪の毛一本まで真之じゃないと許せない。完璧主義者で、哲学者のような姿勢でした。

あくまであとづけなのですが、僕はそんな本木さんを太陽のように照らしてあげよう、そう思うと僕はただバーンとやればいいんだと開き直ることができました。その結果、僕は明るい気分でいられたし、悩みも消えた。きっと本木さんと僕をキャスティングしたNHKスタッフがうまかったのでしょう。あれだけの病気で子規は明るかったと司馬さんは書かれています。普通じゃできません。あれだけ明るく前向きだったら、病気だって克服してしまうのではないかと思ったりしましたが、それだけ子規の病は重かったし、それが寿命だったのでしょうね。

――香川さんは子規と律との関係は「正岡家の運命」と語った。

子規は自分の命のリミットがわかっていた。もう時間がない。妹の律は子規にとって妻であり母であり娘でもあった最大の理解者です。律は二回も離婚して東京に来て兄の世話をしたほど病気の兄のことを想っていたと思います。

つまり、子規が身体的苦痛を負い、精神的苦痛は律が背負ったとも言えるんじゃないでしょうか。子規には知識はたくさんあるが、病気で体の自由がきかない。だから怒りを律にぶつけ、帰りが遅いと愚痴る。そう散文作品にも書いています。子規が明るかったのは律のおかげだったと思います。

真之と子規との関係もおもしろい。子規は病床にいながら、真之と交換した言葉で、日本を背負って世界を駆けめぐっていた。明治という時代にどうやって日本を支えたのか。歴史で習った人もたくさん登場しますが、子規と真之の二人の言葉の中にそれが見えたように感じました。

観察力が抜群だった秋山真之

日本総合研究所理事長　寺《てら》島《しま》実《じつ》郎《ろう》さん

一九四七年、北海道生まれ。多摩大学学長。三井物産戦略研究所会長。『新経済主義宣言』で石橋湛山賞。『われら戦後世代の「坂の上の雲」』『脳力のレッスンⅠ〜Ⅴ』など。近著は『若き日本の肖像』。（撮影・小暮　誠）

私は全共闘世代で、左翼とは一線を画しながらも、時代と向き合っていました。司馬さんの『坂の上の雲』を読んだのはちょうどそのころです。そういう時代に明治という国家を真正面からとらえた作品で、新鮮な驚きがありました。

私は島田謹二の『アメリカにおける秋山真之』（朝日文庫）を読んでいたので、司馬さんが真之をどう描くのか興味がありました。七三年に三井物産に入った私は、情報と企画の仕事をしてきた。八七年からはアメリカ東海岸で十年あまり仕事をしましたが、ワシントンの私のオフィスはホワイトハウスの斜め前にあった。秋山真之がワシントンで活動していた時代、真ん前は海軍省のビルでした。

真之は、米国留学中、そのビルの三階にあった海軍文庫に通いつめた。マハン大佐をニューヨークに訪ねるなど、真之の活動は精力的でした。私は残業で疲れたときに海軍文庫のあったビルを何回も眺めました。日本大使館があった場所から海軍省ビルまで、真之と同じように歩いたこともあります。

——寺島さんは八〇年五月に「われら戦後世代の『坂の上の雲』」を中央公論に発表。それ以来、十年ごとに戦後世代論を書いている。

私は商社というのは戦後の海軍だと思ってきました。情報と企画がどれだけあるかが勝負です。真之は一八九八年の米西戦争で観戦武官としてキューバ海戦を体験し、後の日本海海戦の勝利に経験を生かしている。真之がフィールドワークをしたとき、目がカメラのようになっていたといいます。相手の艦船に何インチ砲がいくつ付いているか、煙はどこから上がっているか、観察力は抜群だった。私は秋山真之を自分に重ねるようにして情報参謀であろうと思っていました。

『坂の上の雲』は常に私の心を刺激しました。司馬さんはあの時代からロシアについて書いています。日本の開国はペリー来航の一八五三年と言われますが、ロシアはその百五十年前から日本漂流民に日本語を教えさせていた。冷戦時代はソ連でしたが、司馬さんはロシアのDNAを見抜いていた。私が新しいことを調べようとすると、司馬さんが先に書いていたのを知り、いつも驚かされます。

――寺島さんは私財を投じて、東京・九段に四万冊の蔵書がある「寺島文庫」を開設した。

秋山真之らが情熱を込めてつくりだした日本は敗戦で挫折を味わった。そして今、経済、外交、内政とも日本をこれからどのように舵取りしていったらいいのか、混迷の中にある。私は世界の大きな情勢変化の中で、日米同盟のかたちも新しい状況をつくっていくべきだと思っています。外国の軍隊が他国に六十五年間も駐留しているのを不思議と思わないのは、日本という国が冷戦という呪縛から逃れられていないからです。ユーラシアの視界で『坂の上の雲』を議論していってほしい。

映像と小説は別物ですが、NHKスペシャルドラマもなかなか魅力的です。これからさまざまな形で議論が進められると思います。

司馬さんの頭を後ろから抱えた

前日本国際問題研究所所長　友田《ともだ》　錫《せき》さん

一九三五年、東京都生まれ。産経新聞サイゴン特派員、パリ支局長、外信部長、亜細亜大学アジア研究所教授などを経て、二〇〇九年まで日本国際問題研究所所長。著書に『裏切られたベトナム革命』『入門・現代日本外交』など多数。
（撮影・門間新弥）

私が『坂の上の雲』の連載を最初に読んだのは一九六八年、産経新聞のサイゴン（南ベトナム）特派員のときでした。サイゴンに送られてきた新聞で「まことに小さな国が、開化期をむかえようとしている」という書き出しを読んで、強烈な衝撃を受けました。それから五年後の七三年四月に、司馬さんは産経新聞の仕事で南ベトナムに取材旅行をした。パリ和平協定が結ばれ、米軍が南ベトナムから引き揚げた直後だった。私はベトナム特派員をしていた関係で世話役として同行するよう指示されました。

司馬さんとは旅行前の打ち合わせで初めて会いました。『坂の上の雲』の連載が終了して七カ月後で、バルチック艦隊が最後の補給を求めて入港したカムラン湾に興味があった。取材が無理だとわかると、司馬さんは「ベトナムの土地と人を自分なりに見てみたい」と言われました。

ベトナム旅行中に司馬さんとフランスの話をする機会があった。私は東京オリンピックの年から二年間フランスに語学留学していた。ちょうど日本が経済成長した時代で、明治時代にサンシールに留学した秋山好古や『ふらんす物語』を書いた永井荷風がフランスの先進性や美しさに圧倒された時代とは立場が違っていたと説明したように思う。司馬さんは「荷風や秋山好古たちはたしかにコンプレックスを感じた。しかし、それが日本にとって大きなバネになった」と言われたのが印象的でした。

――ベトナム取材旅行中に司馬さんは暑熱で疲れが出たのか奥の歯茎が腫れ痛みだした。友田さんは日本人医師のいるサイゴン病院に急行した。

日本政府から派遣されている久保田實医師の専門は麻酔科だった。サイゴン病院には患者たちが溢れていた。病院は歯科ではないのでベッドと問診用のいすしかない。久保田医師は司馬さんの口の中の腫れ具合を診断した。その診断のときに私は司馬さんの顔が動かないように頭をしっかりおさえるように久保田医師から言われた。私は司馬さんの頭を後ろから抱えた。このときの司馬さんの頭の感触がなぜかいまでも手のひらに残っている。大きくてがっしりとして硬かった。「ここに司馬さんのすべてがつまっている」と思った。久保田医師が抗生物質のペニシリン注射を打つと翌日からうそのように司馬さんの口の中の腫れがひいた。

――司馬さんは旅行中に人力三輪車によく乗ったが、普段は友田さんの知人の運転手の車で移動した。

ベトナム特派員をしているときからの付き合いでツン君というドライバーでした。和平協定の直後で物騒な雰囲気もあったので、私はあまり人目をひく行動は避けたかった。しかし、ツン君が新しい警笛を車に付けてきて強烈な音を出した。プップカプー。街中で鳴らすと誰もが振り向いた。私はツン君に普通の警笛に戻すように英語で叱った。すると司馬さんが「友ちゃん、そんなことを言うものじゃない。ツン君は歓迎の気持ちを表しているんだから」と言われた。司馬さんの優しさを感じました。

司馬遼太郎《しばりようたろう》と『坂《さか》の上《うえ》の雲《くも》』 上 朝日文庫

2015年1月30日　第1刷発行
2025年1月30日　第2刷発行

著　者　週刊朝日編集部《しゆうかんあさひへんしゆうぶ》

発行者　宇都宮健太朗
発行所　朝日新聞出版
〒104-8011　東京都中央区築地5-3-2
電話　03-5541-8832（編集）
03-5540-7793（販売）
印刷製本　大日本印刷株式会社

ISBN978-4-02-264764-1

朝日文庫

司馬遼太郎全講演

全5巻

この国を想い、行く末を案じ続けた国民的作家・司馬遼太郎が語った、偉大なる知の遺産。1964年から1995年までの講演に知られざるエピソードを加え、年代順に全5巻にまとめ、人名索引、事項索引を付加した講演録シリーズ。

第1巻 1964―1974
著者自身が歩んだ思索の道を辿るシリーズ第1弾。混迷する時代、今だからこそ読み継ぎたい至妙な話の数々を収録。〈解説・関川夏央〉

第2巻 1975―1984
日本におけるリアリズムの特殊性を語った「日本人と合理主義」など、確かな知識に裏打ちされた18本の精妙な話の数々。〈解説・桂米朝〉

第3巻 1985―1988(Ⅰ)
不世出の人・高田屋嘉兵衛への思いを語った「『菜の花の沖』について」などの講演に、未発表講演を追加した20本を収録。〈解説・出久根達郎〉

第4巻 1988(Ⅱ)―1991
日本仏教を読み説いた「日本仏教に欠けていた愛」や、明治の文豪への思いを語った「漱石の悲しみ」など18本を収録。〈解説・田中直毅〉

第5巻 1992―1995
「草原からのメッセージ」や「ノモンハン事件に見た日本陸軍の落日」など、17本の講演と通巻索引を収めた講演録最終巻。〈解説・山崎正和〉

「司馬遼太郎記念館」への招待

司馬遼太郎記念館は自宅と、隣接地に建てられた安藤忠雄氏設計の建物で構成されています。広さは、約 3180 平方メートル。2001 年 11 月 1 日に開館しました。数々の作品が生まれた書斎、四季の変化を見せる雑木林風の庭、高さ 11 メートル、地下 1 階から地上 2 階までの 3 層吹き抜けの壁面に、資料など 2 万余冊が収蔵されている大書架……などから一人の作家の精神を感じ取ってもらえれば、と考えました。展示中心の見る記念館というより、感じる記念館ということを意図しました。この空間で、わずかでもいい、ゆとりの時間をもって、来館者ご自身が自由に考える、読書の大切さを改めて考える、そんな場になれば、という願いを込めています。（館長 上村洋行）

利用案内

所 在 地　大阪府東大阪市下小阪 3 丁目 11 番 18 号　〒577-0803
T E L　06-6726-3860
H P　https://www.shibazaidan.or.jp
開館時間　10:00 ～ 17:00（入館受付は 16:30 まで）
休 館 日　毎週月曜日（祝日・振替休日の場合は翌日が休館）
特別資料整理期間（9/1 ～ 10)、年末年始（12/28 ～ 1/4）
※その他臨時に休館、開館することがあります。

入館料

	一般	団体
大人	800円	640円
高・中学生	400円	320円
小学生	300円	240円

※団体は 20 名以上
※障害者手帳を持参の方は無料

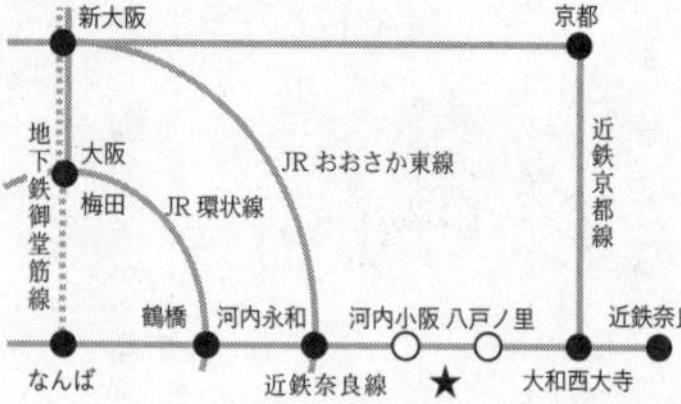

アクセス 近鉄奈良線「河内小阪駅」下車､徒歩12 分｡「八戸ノ里駅」下車､徒歩 8 分｡
Ⓟ5台 大型バスは近くに無料一時駐車場あり｡必ず事前にご連絡ください｡

記念館友の会　ご案内

友の会は司馬作品を愛し、記念館を支えてくださる会員の皆さんとのコミュニケーションの場です。会員になると、会誌「遼」（年 4 回発行）をお届けします。また、講演会、交流会、ツアーなどの行事に会員価格で参加できるなどの特典があります。

年会費　一般会員 3500 円　サポート会員 1 万円　企業サポート会員 5 万円
お申し込み、お問い合わせは友の会事務局（TEL 06-6726-3860）まで